Guy de Maupassant
La Parure
et autres nouvelles à chute

Anthologie

LE DOSSIER

**Cinq nouvelles réalistes
et satiriques à chute**

L'ENQUÊTE

**Employés et ouvriers
à Paris sous la IIIe République**

Notes et dossier
Aubert Drolent
certifié de lettres modernes

Collection dirigée par
Bertrand Louët

Hatier s'engage pour
l'environnement en réduisant
l'empreinte carbone de ses livres.
Celle de cet exemplaire est de :
300 g éq. CO$_2$
Rendez-vous sur
www.hatier-durable.fr

Sommaire

OUVERTURE

Qui sont les personnages ? 4
Quelles sont les histoires ? 6
Qui est l'auteur ? 8
Que se passe-t-il à l'époque ? 9

Le Boulevard des Italiens à Paris en 1872.

© Hatier, Paris, 2011
ISBN : 978-2-218-94879-4

La Parure
et autres nouvelles à chute

La Parure 12
Le Parapluie 24
Décoré ! 35
La Question du latin 43
Mademoiselle Cocotte 55

LE DOSSIER
Cinq nouvelles réalistes et satiriques à chute

Repères 64
Parcours de l'œuvre 68
Textes et image 82

L'ENQUÊTE
Employés et ouvriers à Paris sous la IIIe République 86

À lire et à voir 96

La Parure et autres nouvelles à chute

Qui sont les personnages ?

La Parure

MATHILDE LOISEL
Jeune femme d'un milieu modeste qui aspire à une vie plus brillante.

MONSIEUR LOISEL
Mari de Mathilde, employé sans ambition du ministère de l'Instruction publique.

MADAME FORESTIER
Riche bourgeoise, amie de Mathilde.

Le Parapluie

MME OREILLE
Bourgeoise parisienne, rentière, elle est économe jusqu'à l'avarice la plus sordide.

M. OREILLE
Bien que sa fortune lui permette de vivre de ses rentes, sa femme l'oblige à travailler comme employé de bureau au ministère de la Guerre, par économie.

OUVERTURE

Décoré !

M. SACREMENT
Rentier médiocre, il est obsédé par une idée fixe, recevoir une décoration.

MME SACREMENT
Jeune, jolie et maline, elle est l'épouse de M. Sacrement.

M. ROSSELIN
Député et décoré, il aide M. Sacrement dans ses démarches.

ANGÈLE
Jeune et jolie ouvrière repasseuse.

La Question du latin

LE NARRATEUR
Écolier au moment des faits, c'est un farceur qui aime inventer des canulars.

LE PÈRE PIQUEDENT
Pion dans un pensionnat, il est passionné de latin et l'apprend à la perfection à ses élèves.

Mademoiselle Cocotte

MADEMOISELLE COCOTTE
Chienne trouvée, elle est toujours en chaleur et possède des traits humains.

FRANÇOIS
Un cocher, François, recueille la chienne et s'éprend d'affection pour elle.

LES NARRATEURS
Le narrateur et son ami médecin, ils ne sont là que pour raconter l'histoire dont ils sont les témoins.

Quelles sont les histoires ?

Les circonstances

Publiées dans la presse entre 1883 et 1886, ces nouvelles relatent des faits contemporains à leur écriture. Elles mettent en scène des gens ordinaires, employés de bureau, petits rentiers, cochers, aux prises avec les tracas de la vie quotidienne.

L'action

« La Parure » : Mathilde Loisel est invitée à une soirée mondaine. Mais il lui faut, comme Cendrillon, une belle robe et de beaux bijoux pour briller. La soirée est un triomphe mais le retour à la vie quotidienne est une épreuve.

« Le Parapluie » : Mme Oreille, avare, doit acheter un beau parapluie à son mari, pour qu'il puisse se rendre à son bureau. Dès le lendemain il revient avec le parapluie criblé de trous. Comment réparer les dégâts sans dépenser plus ?

OUVERTURE

« **Décoré !** » : M. Sacrement met tout en œuvre pour être décoré : il écrit des ouvrages savants, écume les bibliothèques, jusqu'au jour où l'ami député Rosselin intervient.

« **La Question du latin** » : le père Piquedent est engagé pour donner des cours de latin au narrateur. Mais les séances tournent tout autrement : on lie connaissance avec de jeunes et jolies ouvrières.

« **Mademoiselle Cocotte** » : un cocher, Fançois, recueille une brave chienne errante mais toujours en chaleur, elle attire tous les chiens du quartier. Son maître lui ordonne de noyer la bête ou de quitter sa place.

Le but

D'abord écrites pour la presse, ces nouvelles se devaient d'être brèves et saisissantes pour tenir en haleine le lecteur pressé du journal. Ainsi, chacune aboutit à une « chute » inattendue et amène le lecteur à réinterpréter les différents épisodes. Chaque nouvelle est aussi l'occasion de faire la satire d'un milieu, souvent celui des employés et des petits bourgeois de la IIIe République, et de se moquer des vices humains comme l'avarice ou l'hypocrisie. L'écrivain se veut un peintre de la réalité et un moraliste.

La Parure et autres nouvelles à chute

Qui est l'auteur ?

Guy de Maupassant (1850-1893)

● **UNE ENFANCE NORMANDE**
Né le 5 août 1850 à Dieppe, Maupassant passe les vingt premières années de sa vie entre sa mère et son frère, en Normandie, où il situe l'action de nombreuses nouvelles. En 1868, il rencontre Flaubert, qui sera son père spirituel. En 1870, il part faire son droit à Paris mais, mobilisé lors de la guerre, il interrompt ses études.

● **PARIS : DES DÉBUTS LITTÉRAIRES AU SUCCÈS**
Démobilisé en 1871, il s'installe à Paris et partage sa vie entre le métier de commis dans un ministère, les guinguettes et la fréquentation des prostituées. Sous la férule de Flaubert, il publie son premier recueil de nouvelles, *Histoire du vieux temps*, en 1879. Il écrit pour différents journaux, rencontre Zola et participe aux soirées naturalistes de Médan. Avec *Boule-de-Suif*, en 1880, il devient un écrivain reconnu et quitte son emploi de commis. En une dizaine d'années, il écrit six romans, plus de trois cents nouvelles et de très nombreuses chroniques.

● **LA MALADIE ET LA MORT**
À partir des années 1890, les troubles nerveux liés à la syphilis contractée dans sa jeunesse, s'aggravent. Peu à peu, il sombre dans la folie, puis meurt le 16 juillet 1893 dans la clinique où il est interné.

	1850	1868	1870-1880	1880	1881
VIE DE MAUPASSANT	Naissance de Maupassant	Rencontre de Flaubert	Commis au ministère de la Marine puis de l'Instruction publique	Triomphe de *Boule de suif*	Premiers problèmes de santé
	1851	**1857**	**1863**	**1870**	**1871**
HISTOIRE	Coup d'État de Napoléon III et début du Second Empire	Gustave Flaubert, *Madame Bovary*	Édouard Manet, *Le Déjeuner sur l'herbe*.	Guerre franco-prussienne, chute du Second Empire	Commune de Paris, instauration de la IIIe République

OUVERTURE

Que se passe-t-il à l'époque ?

Sur le plan politique

● **DU SECOND EMPIRE À LA IIIᵉ RÉPUBLIQUE**

Régime autoritaire, le Second Empire modernise le pays mais s'effondre avec la défaite de Sedan en 1870.
Après La Commune, la IIIᵉ République lui succède en 1871. Elle rétablit la liberté de la presse (1881) et des syndicats (1884) et instaure l'enseignement primaire obligatoire et gratuit (1881-1882).

● **UNE SOCIÉTÉ EN MUTATION**

La presse connaît un essor sans précédent. L'industrie se développe et de nombreuses inventions apparaissent. La France se couvre de voies de chemin de fer et devient plus urbaine : les employés et les ouvriers remplacent les paysans.

Sur le plan culturel

● **LE RÉALISME ET LE NATURALISME**

À partir de 1850, Balzac puis Flaubert veulent décrire ce qui existe. Le naturalisme, initié par Zola, poursuit le même but : le roman se veut scientifique et un outil pour connaître la société.

● **LE RÉALISME EN PEINTURE**

Simultanément, les peintres révolutionnent le regard sur le monde : Courbet peint la vie quotidienne et les impressionnistes rejettent l'académisme (Cézanne, Manet, Monet, Renoir...).

● **UNE ÉPOQUE CRITIQUE ET INQUIÈTE**

Littérature et peinture se font de plus en plus critiques envers la société et montrent l'hypocrisie des relations de couples, la misère des ouvriers et les injustices sociales...

1883
Une vie, Mademoiselle Cocotte, Décoré !

1884
La Parure, Le Parapluie

1885
Bel-Ami, Le Horla

1892
Internement à la clinique du docteur Blanche

1893
Mort de Maupassant

1877
Émile Zola, *L'Assommoir*

1881
Loi instaurant la liberté de la presse

1882
Loi instaurant l'enseignement primaire gratuit et obligatoire

1883
Émile Zola, *Au Bonheur des dames*

1884
Loi garantissant la liberté syndicale

1885
Émile Zola, *Germinal*

La Parure
et autres nouvelles à chute

La Parure................................ 12
Le Parapluie 24
Décoré !................................... 35
La Question du latin............... 43
Mademoiselle Cocotte............ 55

La Parure

paru dans le *Gaulois*, le 17 février 1884
puis dans *Contes du jour et de la nuit* en 1885

C'était une de ces jolies et charmantes filles, nées, comme par une erreur du destin, dans une famille d'employés. Elle n'avait pas de dot[1], pas d'espérances[2], aucun moyen d'être connue, comprise, aimée, épousée par un homme riche et distingué ; et elle se laissa marier avec un petit commis[3] du ministère de l'Instruction publique.

Elle fut simple, ne pouvant être parée, mais malheureuse comme une déclassée ; car les femmes n'ont point de caste ni de race, leur beauté, leur grâce et leur charme leur servant de naissance et de famille. Leur finesse native, leur instinct d'élégance, leur souplesse d'esprit sont leur seule hiérarchie, et font des filles du peuple les égales des plus grandes dames.

Elle souffrait sans cesse, se sentant née pour toutes les délicatesses et tous les luxes●. Elle souffrait de la pauvreté de son logement, de la misère des murs, de l'usure des sièges, de la laideur des étoffes. Toutes ces choses, dont une autre femme de sa caste ne se serait même pas aperçue, la torturaient et l'indignaient. La vue de la petite Bretonne qui faisait son humble ménage éveillait en elle des regrets désolés et des rêves éperdus. Elle songeait aux antichambres[4] nettes, capitonnées avec des tentures orientales, éclairées par de hautes torchères[5] de bronze, et aux deux grands

---

1. **Dot** : biens qu'une femme apporte en se mariant.
2. **Espérances** : héritages possibles.
3. **Commis** : employé subalterne.
4. **Antichambre** : pièce qui précède les pièces principales, entrée ou vestibule.
5. **Torchère** : lampe portant une flamme vive.

● Mathilde est de rang modeste mais sa grâce lui confère – comme à beaucoup de jeunes filles – une sorte de noblesse naturelle.

valets en culotte courte qui dorment dans les larges fauteuils, assoupis par la chaleur lourde du calorifère[1]. Elle songeait aux grands salons vêtus de soie ancienne, aux meubles fins portant des bibelots inestimables, et aux petits salons coquets, parfumés, faits pour la causerie de cinq heures avec les amis les plus intimes, les hommes connus et recherchés dont toutes les femmes envient et désirent l'attention.

Quand elle s'asseyait, pour dîner, devant la table ronde couverte d'une nappe de trois jours, en face de son mari qui découvrait la soupière en déclarant d'un air enchanté : « Ah ! le bon pot-au-feu ! je ne sais rien de meilleur que cela... », elle songeait aux dîners fins, aux argenteries reluisantes, aux tapisseries peuplant les murailles de personnages anciens et d'oiseaux étranges au milieu d'une forêt de féerie● ; elle songeait aux plats exquis servis en des vaisselles merveilleuses, aux galanteries chuchotées et écoutées avec un sourire de sphinx[2], tout en mangeant la chair rose d'une truite ou des ailes de gélinotte[3].

Elle n'avait pas de toilettes[4], pas de bijoux, rien. Et elle n'aimait que cela ; elle se sentait faite pour cela. Elle eût tant désiré plaire, être enviée, être séduisante et recherchée.

Elle avait une amie riche, une camarade de couvent qu'elle ne voulait plus aller voir, tant elle souffrait en revenant. Et elle pleurait pendant des jours entiers, de chagrin, de regret, de désespoir et de détresse.

---

1. **Calorifère** : ancien appareil de chauffage.
2. **Sphinx** : créature fabuleuse, à corps de lion et tête de femme. Ici, il symbolise une attitude énigmatique.
3. **Gélinotte** : poule des bois. Plat rare et luxueux.
4. **Toilettes** : belles robes.

● Maupassant accentue le contraste entre le raffinement de l'héroïne et la simplicité un peu vulgaire de son époux. Les rêveries de Mathilde rappellent le personnage de Madame Bovary, créé par Flaubert en 1857.

Or, un soir, son mari rentra, l'air glorieux et tenant à la main une large enveloppe.

— Tiens, dit-il, voici quelque chose pour toi.

Elle déchira vivement le papier et en tira une carte imprimée qui portait ces mots :

« Le ministre de l'Instruction publique et Mme Georges Ramponneau prient M. et Mme Loisel de leur faire l'honneur de venir passer la soirée à l'hôtel du ministère, le lundi 18 janvier. »

Au lieu d'être ravie, comme l'espérait son mari, elle jeta avec dépit l'invitation sur la table, murmurant :

— Que veux-tu que je fasse de cela ?

— Mais, ma chérie, je pensais que tu serais contente. Tu ne sors jamais, et c'est une occasion, cela, une belle ! J'ai eu une peine infinie à l'obtenir. Tout le monde en veut ; c'est très recherché et on n'en donne pas beaucoup aux employés. Tu verras là tout le monde officiel[1].

Elle le regardait d'un œil irrité, et elle déclara avec impatience :

— Que veux-tu que je me mette sur le dos pour aller là ?

Il n'y avait pas songé ; il balbutia :

— Mais la robe avec laquelle tu vas au théâtre. Elle me semble très bien, à moi...

Il se tut, stupéfait, éperdu, en voyant que sa femme pleurait. Deux grosses larmes descendaient lentement des coins des yeux vers les coins de la bouche ; il bégaya :

— Qu'as-tu ? qu'as-tu ?

Mais, par un effort violent, elle avait dompté sa peine et elle répondit d'une voix calme en essuyant ses joues humides :

— Rien. Seulement je n'ai pas de toilette et par conséquent, je ne peux aller à cette fête. Donne ta carte à quelque collègue dont la femme sera mieux nippée[2] que moi.

---

1. **Le monde officiel** : les personnes de rang élevé.
2. **Nipée** : (familier) vêtue.

Il était désolé. Il reprit :

— Voyons, Mathilde. Combien cela coûterait-il, une toilette convenable, qui pourrait te servir encore en d'autres occasions, quelque chose de très simple ?

Elle réfléchit quelques secondes, établissant ses comptes et songeant aussi à la somme qu'elle pouvait demander sans s'attirer un refus immédiat et une exclamation effarée du commis économe.

Enfin, elle répondit en hésitant :

— Je ne sais pas au juste, mais il me semble qu'avec quatre cents francs je pourrais arriver.

Il avait un peu pâli, car il réservait juste cette somme pour acheter un fusil et s'offrir des parties de chasse, l'été suivant, dans la plaine de Nanterre, avec quelques amis qui allaient tirer des alouettes, par là, le dimanche.

Il dit cependant :

— Soit. Je te donne quatre cents francs. Mais tâche d'avoir une belle robe.

Le jour de la fête approchait, et Mme Loisel semblait triste, inquiète, anxieuse. Sa toilette était prête cependant. Son mari lui dit un soir :

— Qu'as-tu ? Voyons, tu es toute drôle depuis trois jours.

Et elle répondit :

— Cela m'ennuie de n'avoir pas un bijou, pas une pierre, rien à mettre sur moi. J'aurai l'air misère comme tout. J'aimerais presque mieux ne pas aller à cette soirée.

> Maupassant accentue volontairement le contraste entre les ambitions simples du mari et les rêves de grandeur de l'épouse, pour mettre en valeur sa souffrance morale.

Il reprit :

— Tu mettras des fleurs naturelles. C'est très chic en cette saison-ci. Pour dix francs tu auras deux ou trois roses magnifiques.

Elle n'était point convaincue.

— Non... il n'y a rien de plus humiliant que d'avoir l'air pauvre au milieu de femmes riches.

Mais son mari s'écria :

— Que tu es bête ! Va trouver ton amie Mme Forestier et demande-lui de te prêter des bijoux. Tu es bien assez liée avec elle pour faire cela.

Elle poussa un cri de joie.

— C'est vrai. Je n'y avais point pensé.

Le lendemain, elle se rendit chez son amie et lui conta sa détresse. Mme Forestier alla vers son armoire à glace, prit un large coffret, l'apporta, l'ouvrit, et dit à Mme Loisel :

— Choisis, ma chère.

Elle vit d'abord des bracelets, puis un collier de perles, puis une croix vénitienne, or et pierreries, d'un admirable travail. Elle essayait les parures devant la glace, hésitait, ne pouvait se décider à les quitter, à les rendre. Elle demandait toujours :

— Tu n'as plus rien d'autre ?

— Mais si. Cherche. Je ne sais pas ce qui peut te plaire.

Tout à coup elle découvrit, dans une boîte de satin noir, une superbe rivière[1] de diamants ; et son cœur se mit à battre d'un désir immodéré. Ses mains tremblaient en la prenant. Elle l'attacha autour de sa gorge, sur sa robe montante, et demeura en extase devant elle-même.

Puis, elle demanda, hésitante, pleine d'angoisse :

— Peux-tu me prêter cela, rien que cela ?

---

1. **Rivière** : collier comportant de nombreux diamants.

— Mais oui, certainement.

Elle sauta au cou de son amie, l'embrassa avec emportement, puis s'enfuit avec son trésor.

Le jour de la fête arriva. Mme Loisel eut un succès. Elle était plus jolie que toutes, élégante, gracieuse, souriante et folle de joie. Tous les hommes la regardaient, demandaient son nom, cherchaient à être présentés. Tous les attachés du cabinet voulaient valser avec elle. Le Ministre la remarqua.

Elle dansait avec ivresse, avec emportement, grisée par le plaisir, ne pensant plus à rien, dans le triomphe de sa beauté, dans la gloire de son succès, dans une sorte de nuage de bonheur fait de tous ces hommages, de toutes ces admirations, de tous ces désirs éveillés, de cette victoire si complète et si douce au cœur des femmes.

Elle partit vers quatre heures du matin. Son mari, depuis minuit, dormait dans un petit salon désert avec trois autres messieurs dont les femmes s'amusaient beaucoup.

Il lui jeta sur les épaules les vêtements qu'il avait apportés pour la sortie, modestes vêtements de la vie ordinaire, dont la pauvreté jurait avec l'élégance de la toilette de bal●. Elle le sentit et voulut s'enfuir, pour ne pas être remarquée par les autres femmes qui s'enveloppaient de riches fourrures.

Loisel la retenait :

— Attends donc. Tu vas attraper froid dehors. Je vais appeler un fiacre[1].

---

1. **Fiacre** : voiture à cheval qui faisait office de taxi à l'époque.

● Ce passage rappelle la fin de *Cendrillon*, le conte de Perrault : une fois le bal fini, la réalité reprend ses droits, ce que symbolisent les vêtements pauvres.

Mais elle ne l'écoutait point et descendait rapidement l'escalier. Lorsqu'ils furent dans la rue, ils ne trouvèrent pas de voiture ; et ils se mirent à chercher, criant après les cochers qu'ils voyaient passer de loin.

Ils descendaient vers la Seine, désespérés, grelottants. Enfin, ils trouvèrent sur le quai un de ces vieux coupés[1] noctambules[2] qu'on ne voit dans Paris que la nuit venue, comme s'ils eussent été honteux de leur misère pendant le jour.

Il les ramena jusqu'à leur porte, rue des Martyrs●, et ils remontèrent tristement chez eux. C'était fini, pour elle. Et il songeait, lui, qu'il lui faudrait être au Ministère à dix heures.

Elle ôta les vêtements dont elle s'était enveloppé les épaules, devant la glace, afin de se voir encore une fois dans sa gloire. Mais soudain elle poussa un cri. Elle n'avait plus sa rivière autour du cou !

Son mari, à moitié dévêtu déjà, demanda :

– Qu'est-ce que tu as ?

Elle se tourna vers lui, affolée :

– J'ai... j'ai... je n'ai plus la rivière de Mme Forestier.

Il se dressa, éperdu :

– Quoi !... comment !... Ce n'est pas possible !

Et ils cherchèrent dans les plis de la robe, dans les plis du manteau, dans les poches, partout. Ils ne la trouvèrent point.

Il demandait :

– Tu es sûre que tu l'avais encore en quittant le bal ?

– Oui, je l'ai touchée dans le vestibule du Ministère.

– Mais si tu l'avais perdue dans la rue, nous l'aurions entendue tomber. Elle doit être dans le fiacre.

– Oui. C'est probable. As-tu pris le numéro ?

---

1. **Coupé** : voiture à cheval moins confortable que le fiacre.
2. **Noctambule** : qui aime sortir la nuit.

● **Le choix de cette rue est sûrement symbolique...**

— Non. Et toi, tu ne l'as pas regardé ?
— Non.
Ils se contemplaient atterrés. Enfin Loisel se rhabilla.
— Je vais, dit-il, refaire tout le trajet que nous avons fait à pied, pour voir si je ne la retrouverai pas.
Et il sortit. Elle demeura en toilette de soirée, sans force pour se coucher, abattue sur une chaise, sans feu, sans pensée.
Son mari rentra vers sept heures. Il n'avait rien trouvé.
Il se rendit à la Préfecture de police, aux journaux, pour faire promettre une récompense, aux compagnies de petites voitures, partout enfin où un soupçon d'espoir le poussait.
Elle attendit tout le jour, dans le même état d'effarement devant cet affreux désastre.
Loisel revint le soir, avec la figure creusée, pâlie ; il n'avait rien découvert.
— Il faut, dit-il, écrire à ton amie que tu as brisé la fermeture de sa rivière et que tu la fais réparer. Cela nous donnera le temps de nous retourner.
Elle écrivit sous sa dictée.

Au bout d'une semaine, ils avaient perdu toute espérance.
Et Loisel, vieilli de cinq ans, déclara :
— Il faut aviser à remplacer ce bijou.
Ils prirent, le lendemain, la boîte qui l'avait renfermé, et se rendirent chez le joaillier, dont le nom se trouvait dedans. Il consulta ses livres :
— Ce n'est pas moi, Madame, qui ai vendu cette rivière ; j'ai dû seulement fournir l'écrin.
Alors ils allèrent de bijoutier en bijoutier, cherchant une parure pareille à l'autre, consultant leurs souvenirs, malades tous deux de chagrin et d'angoisse.

Ils trouvèrent, dans une boutique du Palais-Royal, un chapelet de diamants qui leur parut entièrement semblable à celui qu'ils cherchaient. Il valait quarante mille francs. On le leur laisserait à trente-six mille.

Ils prièrent donc le joaillier de ne pas le vendre avant trois jours. Et ils firent condition qu'on le reprendrait pour trente-quatre mille francs, si le premier était retrouvé avant la fin de février.

Loisel possédait dix-huit mille francs que lui avait laissés son père. Il emprunterait le reste.

Il emprunta, demandant mille francs à l'un, cinq cents à l'autre, cinq louis par-ci, trois louis par-là. Il fit des billets, prit des engagements ruineux, eut affaire aux usuriers[1], à toutes les races de prêteurs. Il compromit toute la fin de son existence, risqua sa signature sans savoir même s'il pourrait y faire honneur, et, épouvanté par les angoisses de l'avenir, par la noire misère qui allait s'abattre sur lui, par la perspective de toutes les privations physiques et de toutes les tortures morales, il alla chercher la rivière nouvelle, en déposant sur le comptoir du marchand trente-six mille francs.

Quand Mme Loisel reporta la parure à Mme Forestier, celle-ci lui dit, d'un air froissé :

— Tu aurais dû me la rendre plus tôt, car je pouvais en avoir besoin.

Elle n'ouvrit pas l'écrin, ce que redoutait son amie. Si elle s'était aperçue de la substitution, qu'aurait-elle pensé ? qu'aurait-elle dit ? Ne l'aurait-elle pas prise pour une voleuse ?

---

1. **Usurier** : personne qui prête de l'argent à un taux de crédit très élevé.

Mme Loisel connut la vie horrible des nécessiteux. Elle prit son parti, d'ailleurs, tout d'un coup, héroïquement. Il fallait payer cette dette effroyable. Elle payerait. On renvoya la bonne ; on changea de logement ; on loua sous les toits une mansarde[1].

Elle connut les gros travaux du ménage, les odieuses besognes de la cuisine. Elle lava la vaisselle, usant ses ongles roses sur les poteries grasses et le fond des casseroles. Elle savonna le linge sale, les chemises et les torchons, qu'elle faisait sécher sur une corde ; elle descendit à la rue, chaque matin, les ordures, et monta l'eau, s'arrêtant à chaque étage pour souffler. Et, vêtue comme une femme du peuple, elle alla chez le fruitier, chez l'épicier, chez le boucher, le panier au bras, marchandant, injuriée, défendant sou à sou son misérable argent.

Il fallait chaque mois payer des billets, en renouveler d'autres, obtenir du temps.

Le mari travaillait, le soir, à mettre au net les comptes d'un commerçant, et la nuit, souvent, il faisait de la copie à cinq sous la page.

Et cette vie dura dix ans.

Au bout de dix ans, ils avaient tout restitué, tout, avec le taux de l'usure, et l'accumulation des intérêts superposés.

Mme Loisel semblait vieille, maintenant. Elle était devenue la femme forte, et dure, et rude, des ménages pauvres. Mal peignée, avec les jupes de travers et les mains rouges, elle parlait haut, lavait à grande eau les planchers. Mais parfois, lorsque son mari était au bureau, elle s'asseyait auprès de la fenêtre, et elle songeait à cette soirée d'autrefois, à ce bal où elle avait été si belle et si fêtée.

---

1. **Mansarde** : pièce à pans coupés éclairés par une fenêtre ouverte dans le toit ; procédé inventé par l'architecte Mansart.

Que serait-il arrivé si elle n'avait point perdu cette parure ? Qui sait ? qui sait ? Comme la vie est singulière, changeante ! Comme il faut peu de chose pour vous perdre ou vous sauver !●

Or, un dimanche, comme elle était allée faire un tour aux Champs-Élysées pour se délasser des besognes de la semaine, elle aperçut tout à coup une femme qui promenait un enfant. C'était Mme Forestier, toujours jeune, toujours belle, toujours séduisante.

Mme Loisel se sentit émue. Allait-elle lui parler ? Oui, certes. Et maintenant qu'elle avait payé, elle lui dirait tout. Pourquoi pas ?

Elle s'approcha.

– Bonjour, Jeanne.

L'autre ne la reconnaissait point, s'étonnant d'être appelée ainsi familièrement par cette bourgeoise.

Elle balbutia :

– Mais... Madame !... Je ne sais... Vous devez vous tromper.

– Non. Je suis Mathilde Loisel.

Son amie poussa un cri.

– Oh !... ma pauvre Mathilde, comme tu es changée !...

– Oui, j'ai eu des jours bien durs, depuis que je ne t'ai vue ; et bien des misères... et cela à cause de toi !...

– De moi... Comment ça ?

– Tu te rappelles bien cette rivière de diamants que tu m'as prêtée pour aller à la fête du Ministère.

– Oui. Eh bien ?

– Eh bien, je l'ai perdue.

– Comment ! puisque tu me l'as rapportée.

– Je t'en ai rapporté une autre toute pareille. Et voilà dix ans que nous la payons. Tu comprends que ça n'était pas aisé pour

● Cette phrase est l'une des morales possibles de l'histoire.

nous, qui n'avions rien… Enfin c'est fini, et je suis rudement contente.

Mme Forestier s'était arrêtée.

— Tu dis que tu as acheté une rivière de diamants pour remplacer la mienne ?

— Oui. Tu ne t'en étais pas aperçue, hein ! Elles étaient bien pareilles.

Et elle souriait d'une joie orgueilleuse et naïve.

Mme Forestier, fort émue, lui prit les deux mains.

— Oh ! ma pauvre Mathilde ! Mais la mienne était fausse. Elle valait au plus cinq cents francs !…

Mme Loisel rencontre Mme Forestier sur les Champs-Élysées, illustration de Jeanniot pour les *Œuvres Complètes* de Guy de Maupassant, parues aux éditions Ollendorff en 1906.

Le Parapluie

🙵

paru dans *Le Gaulois*, le 10 février 1884
sous la signature de Maufrigneuse,
publié dans le recueil *Les Sœurs Rondoli*

À Camille Oudinot[1]

Mme Oreille était économe. Elle savait la valeur d'un sou et possédait un arsenal de principes sévères sur la multiplication de l'argent. Sa bonne, assurément, avait grand mal à faire danser l'anse du panier[2] ; et M. Oreille n'obtenait sa monnaie de poche qu'avec une extrême difficulté. Ils étaient à leur aise, pourtant, et sans enfants ; mais Mme Oreille éprouvait une vraie douleur à voir les pièces blanches sortir de chez elle. C'était comme une déchirure pour son cœur ; et, chaque fois qu'il lui avait fallu faire une dépense de quelque importance, bien qu'indispensable, elle dormait fort mal la nuit suivante.

Oreille répétait sans cesse à sa femme :

« Tu devrais avoir la main plus large, puisque nous ne mangeons jamais nos revenus. »

Elle répondait :

« On ne sait jamais ce qui peut arriver. Il vaut mieux avoir plus que moins. »

C'était une petite femme de quarante ans, vive, ridée, propre et souvent irritée.

Son mari, à tout moment, se plaignait des privations qu'elle lui faisait endurer. Il en était certaines qui lui devenaient particulièrement pénibles, parce qu'elles atteignaient sa vanité.

---

1. **Camille Oudinot** : romancier et dramaturge, ami de Maupassant.
2. **Faire danser l'anse du panier** : dérober de l'argent sur une somme confiée pour faire les courses.

Il était commis principal au ministère de la Guerre, demeuré là uniquement pour obéir à sa femme, pour augmenter les rentes[1] inutilisées de la maison.

Or, pendant deux ans, il vint au bureau avec le même parapluie rapiécé qui donnait à rire à ses collègues. Las enfin de leurs quolibets[2], il exigea que Mme Oreille lui achetât un nouveau parapluie. Elle en prit un de huit francs cinquante, article de réclame d'un grand magasin. Les employés en apercevant cet objet jeté dans Paris par milliers recommencèrent leurs plaisanteries, et Oreille en souffrit horriblement. Le parapluie ne valait rien. En trois mois, il fut hors de service, et la gaieté devint générale dans le ministère. On fit même une chanson qu'on entendait du matin au soir, du haut en bas de l'immense bâtiment.

Oreille, exaspéré, ordonna à sa femme de lui choisir un nouveau riflard[3], en soie fine, de vingt francs, et d'apporter une facture justificative.

Elle en acheta un de dix-huit francs●, et déclara, rouge d'irritation, en le remettant à son époux :

« Tu en as là pour cinq ans au moins. »

Oreille, triomphant, obtint un vrai succès au bureau.

Lorsqu'il rentra le soir, sa femme, jetant un regard inquiet sur le parapluie, lui dit :

« Tu ne devrais pas le laisser serré avec l'élastique, c'est le moyen de couper la soie. C'est à toi d'y veiller, parce que je ne t'en achèterai pas un de sitôt. »

Elle le prit, dégrafa l'anneau et secoua les plis. Mais elle demeura saisie d'émotion. Un trou rond, grand comme un

---

1. **Rente** : revenu tiré du capital, obtenu sans travailler.
2. **Quolibet** : moquerie.
3. **Riflard** : parapluie, en argot.

● **Dix-huit francs à l'époque représentent une somme importante.**

centime, lui apparut au milieu du parapluie. C'était une brûlure de cigare !

Elle balbutia :

« Qu'est-ce qu'il a ? »

Son mari répondit tranquillement, sans regarder :

« Qui, quoi ? Que veux-tu dire ? »

La colère l'étranglait maintenant ; elle ne pouvait plus parler :

« Tu... tu... tu as brûlé... ton... ton... parapluie. Mais tu... tu... tu es donc fou !... Tu veux nous ruiner ! »

Il se retourna, se sentant pâlir :

« Tu dis ?

— Je dis que tu as brûlé ton parapluie. Tiens !... »

Et, s'élançant vers lui comme pour le battre, elle lui mit violemment sous le nez la petite brûlure circulaire.

Il restait éperdu devant cette plaie, bredouillant :

« Ça, ça... qu'est-ce que c'est ? Je ne sais pas, moi ! Je n'ai rien fait, rien, je te le jure. Je ne sais pas ce qu'il a, moi, ce parapluie ? »

Elle criait maintenant :

« Je parie que tu as fait des farces avec lui dans ton bureau, que tu as fait le saltimbanque, que tu l'as ouvert pour le montrer. »

Il répondit :

« Je l'ai ouvert une seule fois pour montrer comme il était beau. Voilà tout. Je te le jure. »

Mais elle trépignait de fureur, et elle lui fit une de ces scènes conjugales qui rendent le foyer familial plus redoutable pour un homme pacifique qu'un champ de bataille où pleuvent les balles.

Elle ajusta une pièce avec un morceau de soie coupé sur l'ancien parapluie, qui était de couleur différente ; et, le lendemain, Oreille partit, d'un air humble, avec l'instrument raccommodé. Il le posa dans son armoire et n'y pensa plus que comme on pense à quelque mauvais souvenir.

Mais, à peine fut-il rentré, le soir, sa femme lui saisit son parapluie dans les mains, l'ouvrit pour constater son état, et demeura suffoquée devant un désastre irréparable. Il était criblé de petits trous provenant évidemment de brûlures, comme si on eût vidé dessus la cendre d'une pipe allumée. Il était perdu, perdu sans remède.

Elle contemplait cela sans dire un mot, trop indignée pour qu'un son pût sortir de sa gorge. Lui aussi, il constatait le dégât et il restait stupide, épouvanté, consterné.

Puis ils se regardèrent ; puis il baissa les yeux ; puis il reçut par la figure l'objet crevé qu'elle lui jetait ; puis elle cria, retrouvant sa voix dans un emportement de fureur :

« Ah ! canaille ! canaille ! Tu en as fait exprès ! Mais tu me le payeras ! Tu n'en auras plus... »

Et la scène recommença. Après une heure de tempête, il put enfin s'expliquer. Il jura qu'il n'y comprenait rien ; que cela ne pouvait provenir que de malveillance ou de vengeance.

Un coup de sonnette le délivra. C'était un ami qui venait dîner chez eux.

Mme Oreille lui soumit le cas. Quant à acheter un nouveau parapluie, c'était fini, son mari n'en aurait plus.

L'ami argumenta avec raison :

« Alors, madame, il perdra ses habits, qui valent certes davantage. »

La petite femme, toujours furieuse, répondit :

« Alors, il prendra un parapluie de cuisine, je ne lui en donnerai pas un nouveau en soie. »

À cette pensée, Oreille se révolta.

« Alors je donnerai ma démission, moi ! Mais je n'irai pas au ministère avec un parapluie de cuisine. »

L'ami reprit :

« Faites recouvrir celui-là, ça ne coûte pas très cher. »

Mme Oreille exaspérée balbutiait :

« Il faut au moins huit francs pour le faire recouvrir. Huit francs et dix-huit, cela fait vingt-six ! Vingt-six francs pour un parapluie, mais c'est de la folie ! c'est de la démence ! »

L'ami, bourgeois pauvre, eut une inspiration :

« Faites-le payer par votre assurance. Les compagnies paient les objets brûlés, pourvu que le dégât ait eu lieu dans votre domicile. »

À ce conseil, la petite femme se calma net ; puis, après une minute de réflexion, elle dit à son mari :

« Demain, avant de te rendre à ton ministère, tu iras dans les bureaux de *La Maternelle* faire constater l'état de ton parapluie et réclamer le payement. »

M. Oreille eut un soubresaut. « Jamais de la vie je n'oserai ! C'est dix-huit francs de perdus, voilà tout. Nous n'en mourrons pas. »

Et il sortit le lendemain avec une canne. Il faisait beau heureusement.

Restée seule à la maison, Mme Oreille ne pouvait se consoler de la perte de ses dix-huit francs. Elle avait le parapluie sur la table de la salle à manger, et elle tournait autour, sans parvenir à prendre une résolution.

La pensée de l'assurance lui revenait à tout instant, mais elle n'osait pas non plus affronter les regards railleurs des messieurs qui la recevraient, car elle était timide devant le monde, rougissant pour un rien, embarrassée dès qu'il lui fallait parler à des inconnus.

Cependant le regret des dix-huit francs la faisait souffrir comme une blessure. Elle n'y voulait plus songer, et sans cesse le souvenir de cette perte la martelait douloureusement. Que faire cependant ? Les heures passaient ; elle ne se décidait à rien. Puis, tout à coup, comme les poltrons[1] qui deviennent crânes, elle prit sa résolution.

« J'irai, et nous verrons bien ! »

Mais il lui fallait d'abord préparer le parapluie pour que le désastre fût complet et la cause facile à soutenir. Elle prit une allumette sur la cheminée et fit, entre les baleines, une grande brûlure, large comme la main ; puis elle roula délicatement ce qui restait de la soie, la fixa avec le cordelet élastique, mit son châle et son chapeau, et descendit d'un pied pressé vers la rue de Rivoli où se trouvait l'assurance.

Mais, à mesure qu'elle approchait, elle ralentissait le pas. Qu'allait-elle dire ? Qu'allait-on lui répondre ?

Elle regardait les numéros des maisons. Elle en avait encore vingt-huit. Très bien ! elle pouvait réfléchir. Elle allait de moins en moins vite. Soudain elle tressaillit. Voici la porte, sur laquelle brille en lettres d'or : « *La Maternelle*, Compagnie d'assurances contre l'incendie. » Déjà ! Elle s'arrêta une seconde, anxieuse,

---

1. **Poltron** : personne craintive et sans courage.

honteuse, puis passa, puis revint, puis passa de nouveau, puis revint encore.

Elle se dit enfin :

« Il faut y aller, pourtant. Mieux vaut plus tôt que plus tard. »

160 Mais, en pénétrant dans la maison, elle s'aperçut que son cœur battait.

Elle entra dans une vaste pièce avec des guichets tout autour ; et, par chaque guichet, on apercevait une tête d'homme dont le corps était masqué par un treillage[1].

165 Un monsieur parut, portant des papiers. Elle s'arrêta et, d'une petite voix timide :

« Pardon, monsieur, pourriez-vous me dire où il faut s'adresser pour se faire rembourser les objets brûlés ? »

Il répondit, avec un timbre sonore :

170 « Premier, à gauche. Au bureau des sinistres[2]. »

Ce mot l'intimida davantage encore ; et elle eut envie de se sauver, de ne rien dire, de sacrifier ses dix-huit francs. Mais à la pensée de cette somme, un peu de courage lui revint, et elle monta, essoufflée, s'arrêtant à chaque marche.

175 Au premier, elle aperçut une porte, elle frappa. Une voix claire cria :

« Entrez ! »

Elle entra, et se vit dans une grande pièce où trois messieurs, debout, décorés, solennels, causaient.

180 Un d'eux lui demanda :

« Que désirez-vous, madame ? »

Elle ne trouvait plus ses mots, elle bégaya :

« Je viens... je viens... pour... pour un sinistre. »

Le monsieur, poli, montra un siège.

---

1. **Treillage** : grillage.
2. **Sinistre** : accident en langage d'assureur.

« Donnez-vous la peine de vous asseoir, je suis à vous dans une minute. »

Et, retournant vers les deux autres, il reprit la conversation.

« La Compagnie, messieurs, ne se croit pas engagée envers vous pour plus de quatre cent mille francs. Nous ne pouvons admettre vos revendications pour les cent mille francs que vous prétendez nous faire payer en plus. L'estimation d'ailleurs●... »

Un des deux autres l'interrompit :

« Cela suffit, monsieur, les tribunaux décideront. Nous n'avons plus qu'à nous retirer. »

Et ils sortirent après plusieurs saluts cérémonieux.

Oh ! si elle avait osé partir avec eux, elle l'aurait fait ; elle aurait fui, abandonnant tout ! Mais le pouvait-elle ? Le monsieur revint et, s'inclinant :

« Qu'y a-t-il pour votre service, madame ? »

Elle articula péniblement :

« Je viens pour... pour ceci. »

Le directeur baissa les yeux, avec un étonnement naïf, vers l'objet qu'elle lui tendait.

Elle essayait, d'une main tremblante, de détacher l'élastique. Elle y parvint après quelques efforts, et ouvrit brusquement le squelette loqueteux[1] du parapluie.

L'homme prononça, d'un ton compatissant :

« Il me paraît bien malade. »

Elle déclara avec hésitation :

« Il m'a coûté vingt francs. »

Il s'étonna :

« Vraiment ! Tant que ça ?

---

1. **Loqueteux** : en loques, comme un vêtement déchiré.

● Maupassant crée un contraste saisissant entre les enjeux de cette discussion et le parapluie de Mme Oreille.

— Oui, il était excellent. Je voulais vous faire constater son état.
— Fort bien ; je vois. Fort bien. Mais je ne saisis pas en quoi cela peut me concerner. »

Une inquiétude la saisit. Peut-être cette compagnie-là ne payait-elle pas les menus objets, et elle dit :

« Mais... il est brûlé... »

Le monsieur ne nia pas :

« Je le vois bien. »

Elle restait bouche béante, ne sachant plus que dire ; puis, soudain, comprenant son oubli, elle prononça avec précipitation :

« Je suis Mme Oreille. Nous sommes assurés à *La Maternelle* ; et je viens vous réclamer le prix de ce dégât. »

Elle se hâta d'ajouter dans la crainte d'un refus positif :

« Je demande seulement que vous le fassiez recouvrir. »

Le directeur, embarrassé, déclara :

« Mais... madame... nous ne sommes pas marchands de parapluies. Nous ne pouvons nous charger de ces genres de réparations. »

La petite femme sentait l'aplomb lui revenir. Il fallait lutter. Elle lutterait donc ! Elle n'avait plus peur ; elle dit :

« Je demande seulement le prix de la réparation. Je la ferai bien faire moi-même. »

Le monsieur semblait confus :

« Vraiment, madame, c'est bien peu. On ne nous demande jamais d'indemnité pour des accidents d'une si minime importance. Nous ne pouvons rembourser, convenez-en, les mouchoirs, les gants, les balais, les savates, tous les petits objets qui sont exposés chaque jour à subir des avaries par la flamme. »

Elle devint rouge, sentant la colère l'envahir :

« Mais, monsieur, nous avons eu au mois de décembre dernier, un feu de cheminée qui nous a causé au moins pour cinq cents francs de dégâts ; M. Oreille n'a rien réclamé à la compagnie ; aussi il est bien juste aujourd'hui qu'elle me paie mon parapluie ! »

Le directeur, devinant le mensonge, dit en souriant :

« Vous avouerez, madame, qu'il est bien étonnant que M. Oreille, n'ayant rien demandé pour un dégât de cinq cents francs, vienne réclamer une réparation de cinq ou six francs pour un parapluie. »

Elle ne se troubla point et répliqua :

« Pardon, monsieur, le dégât de cinq cents francs concernait la bourse de M. Oreille, tandis que le dégât de dix-huit francs concerne la bourse de Mme Oreille, ce qui n'est pas la même chose. »

Il vit qu'il ne s'en débarrasserait pas et qu'il allait perdre sa journée, et il demanda avec résignation :

« Veuillez me dire alors comment l'accident est arrivé. »

Elle sentit la victoire et se mit à raconter :

« Voilà, monsieur : j'ai dans mon vestibule[1] une espèce de chose en bronze où l'on pose les parapluies et les cannes. L'autre jour donc, en rentrant, je plaçai dedans celui-là. Il faut vous dire qu'il y a juste au-dessus une planchette pour mettre les bougies et les allumettes. J'allonge le bras et je prends quatre allumettes. J'en frotte une ; elle rate. J'en frotte une autre ; elle s'allume et s'éteint aussitôt. J'en frotte une troisième ; elle en fait autant. »

Le directeur l'interrompit pour placer un mot d'esprit.

« C'étaient donc des allumettes du gouvernement[2] ? »

Elle ne comprit pas et continua :

« Ça se peut bien. Toujours est-il que la quatrième prit feu et j'allumai ma bougie ; puis je rentrai dans ma chambre pour me coucher. Mais au bout d'un quart d'heure, il me sembla qu'on

---

1. **Vestibule** : entrée.
2. **Les allumettes du gouvernement** : les allumettes étaient fabriquées par l'État et on les considérait de mauvaise qualité.

sentait le brûlé. Moi j'ai toujours peur du feu. Oh ! si nous avons jamais un sinistre, ce ne sera pas ma faute ! Surtout depuis le feu de cheminée dont je vous ai parlé, je ne vis pas. Je me relève donc, je sors, je cherche, je sens partout comme un chien de chasse, et je m'aperçois enfin que mon parapluie brûle. C'est probablement une allumette qui était tombée dedans. Vous voyez dans quel état ça l'a mis... »

Le directeur en avait pris son parti ; il demanda :

« À combien estimez-vous le dégât ? »

Elle demeura sans parole, n'osant pas fixer un chiffre. Puis elle dit, voulant être large :

« Faites-le réparer vous-même. Je m'en rapporte à vous. »

Il refusa :

« Non, madame, je ne peux pas. Dites-moi combien vous demandez.

– Mais... il me semble... que... Tenez, monsieur, je ne veux pas gagner sur vous, moi... nous allons faire une chose. Je porterai mon parapluie chez un fabricant qui le recouvrira en bonne soie, en soie durable, et je vous apporterai la facture. Ça vous va-t-il ?

– Parfaitement, madame ; c'est entendu. Voici un mot pour la caisse, qui remboursera votre dépense. »

Et il tendit une carte à Mme Oreille, qui la saisit, puis se leva et sortit en remerciant, ayant hâte d'être dehors, de crainte qu'il ne changeât d'avis.

Elle allait maintenant d'un pas gai par la rue, cherchant un marchand de parapluies qui lui parût élégant. Quand elle eut trouvé une boutique d'allure riche, elle entra et dit, d'une voix assurée :

« Voici un parapluie à recouvrir en soie, en très bonne soie. Mettez-y ce que vous avez de meilleur. Je ne regarde pas au prix. »

Décoré !

paru dans *Gil Blas*, le 13 novembre 1883
sous la signature de Maufrigneuse,
puis dans le recueil *Les Sœurs Rondoli*

Des gens naissent avec un instinct prédominant, une vocation ou simplement un désir éveillé, dès qu'ils commencent à parler, à penser.

M. Sacrement n'avait, depuis son enfance, qu'une idée en tête, être décoré[1]. Tout jeune il portait des croix de la Légion d'honneur[2] en zinc comme d'autres enfants portent un képi et il donnait fièrement la main à sa mère, dans la rue, en bombant sa petite poitrine ornée du ruban rouge et de l'étoile de métal.

Après de pauvres études il échoua au baccalauréat, et, ne sachant plus que faire, il épousa une jolie fille, car il avait de la fortune.

Ils vécurent à Paris comme vivent des bourgeois riches, allant dans leur monde, sans se mêler au monde●, fiers de la connaissance d'un député qui pouvait devenir ministre, et amis de deux chefs de division.

Mais la pensée entrée aux premiers jours de sa vie dans la tête de M. Sacrement, ne le quittait plus et il souffrait d'une façon continue de n'avoir point le droit de montrer sur sa redingote[3] un petit ruban de couleur.

---

1. **Être décoré** : recevoir une décoration, une médaille, généralement attribuée en récompense d'un service exceptionnel rendu à la Nation.
2. **Légion d'honneur** : plus haute et plus prestigieuse distinction française, instituée en 1802 par Napoléon Bonaparte.
3. **Redingote** : ample veste croisée à longues basques.

● « Le monde » est une expression qui désigne la bonne société.

Les gens décorés qu'il rencontrait sur le boulevard lui portaient un coup au cœur. Il les regardait de coin avec une jalousie exaspérée. Parfois, par les longs après-midi de désœuvrement[1] il se mettait à les compter. Il se disait : « Voyons, combien j'en trouverai de la Madeleine à la rue Drouot[2]. »

Et il allait lentement, inspectant les vêtements, l'œil exercé à distinguer de loin le petit point rouge. Quand il arrivait au bout de sa promenade, il s'étonnait toujours des chiffres : « Huit officiers, et dix-sept chevaliers[3]. Tant que ça ! C'est stupide de prodiguer les croix d'une pareille façon. Voyons si j'en trouverai autant au retour. »

Et il revenait à pas lents, désolé quand la foule pressée des passants pouvait gêner ses recherches, lui faire oublier quelqu'un.

Il connaissait les quartiers où on en trouvait le plus. Ils abondaient au Palais-Royal. L'avenue de l'Opéra ne valait pas la rue de la Paix ; le côté droit du boulevard était mieux fréquenté que le gauche.

Ils semblaient aussi préférer certains cafés, certains théâtres. Chaque fois que M. Sacrement apercevait un groupe de vieux messieurs à cheveux blancs arrêtés au milieu du trottoir, et gênant la circulation, il se disait : « Voici des officiers de la Légion d'honneur ! » Et il avait envie de les saluer.

Les officiers (il l'avait souvent remarqué) ont une autre allure que les simples chevaliers. Leur port de tête est différent. On sent bien qu'ils possèdent officiellement une considération plus haute, une importance plus étendue.

Parfois aussi une rage saisissait M. Sacrement, une fureur contre tous les gens décorés ; et il sentait pour eux une haine de socialiste●.

---

1. **Désœuvrement** : oisiveté, ennui.
2. **De la Madeleine à la rue Drouot** : parcours sur les grands boulevards parisiens, lieu traditionnel de promenade au XIXe siècle.
3. **Officiers, chevaliers** : grades de la Légion d'honneur.

● Maupassant se moque généralement des différents partis politiques en présentant leurs positions comme des postures plus que comme des convictions réelles.

Alors, en rentrant chez lui, excité par la rencontre de tant de croix, comme l'est un pauvre affamé après avoir passé devant les grandes boutiques de nourriture, il déclarait d'une voix forte : « Quand donc, enfin, nous débarrassera-t-on de ce sale gouvernement ? » Sa femme surprise, lui demandait : « Qu'est-ce que tu as aujourd'hui ? »

Et il répondait : « J'ai que je suis indigné par les injustices que je vois commettre partout. Ah ! que les communards[1] avaient raison ! »

Mais il ressortait après son dîner, et il allait considérer les magasins de décorations. Il examinait tous ces emblèmes de formes diverses, de couleurs variées. Il aurait voulu les posséder tous, et, dans une cérémonie publique, dans une immense salle pleine de monde, pleine de peuple émerveillé, marcher en tête d'un cortège, la poitrine étincelante, zébrée de brochettes alignées l'une sur l'autre, suivant la forme de ses côtes, et passer gravement, le claque[2] sous le bras, luisant comme un astre au milieu des chuchotements admiratifs, dans une rumeur de respect.

Il n'avait, hélas ! aucun titre pour aucune décoration.

Il se dit : « La Légion d'honneur est vraiment par trop difficile pour un homme qui ne remplit aucune fonction publique. Si j'essayais de me faire nommer officier d'Académie● ! »

Mais il ne savait comment s'y prendre. Il en parla à sa femme qui demeura stupéfaite.

« Officier d'Académie ? Qu'est-ce que tu as fait pour cela ? »

---

1. **Communards** : membres et partisans de La Commune, gouvernement ouvrier insurrectionnel instauré à Paris après la défaite de Sedan contre la Prusse en 1870-1871.
2. **Claque** : chapeau haut-de-forme.

● **Les décorations académiques sanctionnent les travaux intellectuels et savants des personnes qui les reçoivent. M. Sacrement n'ayant pas même le baccalauréat, Maupassant est ici très ironique.**

Il s'emporta : « Mais comprends donc ce que je veux dire. Je cherche justement ce qu'il faut faire. Tu es stupide par moments. »

Elle sourit : « Parfaitement, tu as raison. Mais je ne sais pas, moi ! »

Il avait une idée : « Si tu en parlais au député Rosselin, il pourrait me donner un excellent conseil. Moi, tu comprends que je n'ose guère aborder cette question directement avec lui. C'est assez délicat, assez difficile ; venant de toi, la chose devient toute naturelle. »

Mme Sacrement fit ce qu'il demandait. M. Rosselin promit d'en parler au ministre. Alors Sacrement le harcela. Le député finit par lui répondre qu'il fallait faire une demande et énumérer ses titres.

Ses titres ? Voilà. Il n'était pas même bachelier.

Il se mit cependant à la besogne et commença une brochure traitant : « Du droit du peuple à l'instruction. » Il ne la put achever par pénurie d'idées.

Il chercha des sujets plus faciles et en aborda plusieurs successivement. Ce fut d'abord : « L'instruction des enfants par les yeux. » Il voulait qu'on établît dans les quartiers pauvres des espèces de théâtres gratuits pour les petits enfants. Les parents les y conduiraient dès leur plus jeune âge, et on leur donnerait là, par le moyen d'une lanterne magique[1], des notions de toutes les connaissances humaines. Ce seraient de véritables cours. Le regard instruirait le cerveau, et les images resteraient gravées dans la mémoire, rendant pour ainsi dire visible la science.

Quoi de plus simple que d'enseigner ainsi l'histoire universelle, la géographie, l'histoire naturelle, la botanique, la zoologie, l'anatomie, etc., etc. ?

---

1. **Lanterne magique** : système qui permettait de projeter des images sur un écran, à la manière des diapositives.

Il fit imprimer ce mémoire et en envoya un exemplaire à chaque député, dix à chaque ministre, cinquante au Président de la République, dix également à chacun des journaux parisiens, cinq aux journaux de province.

Puis il traita la question des bibliothèques des rues, voulant que l'État fît promener par les rues des petites voitures pleines de livres, pareilles aux voitures des marchands d'oranges. Chaque habitant aurait droit à dix volumes par mois en location, moyennant un sou d'abonnement.

« Le peuple, disait M. Sacrement, ne se dérange que pour ses plaisirs. Puisqu'il ne va pas à l'instruction, il faut que l'instruction vienne à lui, etc. »

Aucun bruit ne se fit autour de ces essais. Il adressa cependant sa demande. On lui répondit qu'on prenait note, qu'on instruisait. Il se crut sûr du succès ; il attendit. Rien ne vint.

Alors il se décida à faire des démarches personnelles. Il sollicita[1] une audience[2] du ministre de l'Instruction publique, et il fut reçu par un attaché de cabinet[3] tout jeune et déjà grave, important même, et qui jouait, comme d'un piano, d'une série de petits boutons blancs pour appeler les huissiers[4] et les garçons de l'antichambre[5] ainsi que les employés subalternes[6]. Il affirma au solliciteur que son affaire était en bonne voie et il lui conseilla de continuer ses remarquables travaux.

Et M. Sacrement se remit à l'œuvre.

---

1. **Sollicita** : demanda.
2. **Audience** : entretien.
3. **Attaché de cabinet** : conseiller du ministre.
4. **Huissier** : personne qui veille aux portes des bureaux et introduit les visiteurs.
5. **Antichambre** : pièce qui précède le bureau d'un ministre ou d'un fonctionnaire important.
6. **Employé subalterne** : employé de rang modeste.

M. Rosselin, le député, semblait maintenant s'intéresser beaucoup à son succès, et il lui donnait même une foule de conseils pratiques excellents. Il était décoré d'ailleurs, sans qu'on sût quels motifs lui avaient valu cette distinction.

Il indiqua à Sacrement des études nouvelles à entreprendre, il le présenta à des Sociétés savantes qui s'occupaient de points de science particulièrement obscurs, dans l'intention de parvenir à des honneurs. Il le patronna[1] même au ministère.

Or, un jour, comme il venait déjeuner chez son ami (il mangeait souvent dans la maison depuis plusieurs mois) il lui dit tout bas en lui serrant la main : « Je viens d'obtenir pour vous une grande faveur. Le comité des travaux historiques vous charge d'une mission. Il s'agit de recherches à faire dans diverses bibliothèques de France. »

Sacrement, défaillant, n'en put manger ni boire. Il partit huit jours plus tard.

Il allait de ville en ville, étudiant les catalogues, fouillant en des greniers bondés de bouquins poudreux[2], en proie à la haine des bibliothécaires.

Or, un soir, comme il se trouvait à Rouen, il voulut aller embrasser sa femme qu'il n'avait point vue depuis une semaine ; et il prit le train de neuf heures qui devait le mettre à minuit chez lui.

Il avait sa clef. Il entra sans bruit, frémissant de plaisir, tout heureux de lui faire cette surprise. Elle s'était enfermée, quel ennui ! Alors il cria à travers la porte : « Jeanne, c'est moi ! »

Elle dut avoir grand-peur, car il l'entendit sauter du lit et parler seule comme dans un rêve. Puis elle courut à son cabinet de toilette, l'ouvrit et le referma, traversa plusieurs fois sa chambre

---

1. **Patronna** : recommanda.
2. **Poudreux** : poussiéreux.

dans une course rapide, nu-pieds, secouant les meubles dont les verreries sonnaient. Puis, enfin, elle demanda : « C'est bien toi, Alexandre ? »

Il répondit : « Mais oui, c'est moi, ouvre donc ! »

La porte céda, et sa femme se jeta sur son cœur en balbutiant : « Oh ! quelle terreur ! quelle surprise ! quelle joie ! »

Alors, il commença à se dévêtir, méthodiquement, comme il faisait tout. Et il reprit sur une chaise, son pardessus qu'il avait l'habitude d'accrocher dans le vestibule. Mais, soudain, il demeura stupéfait. La boutonnière portait un ruban rouge !

Il balbutia : « Ce... ce... ce paletot est décoré ! »

Alors sa femme, d'un bond, se jeta sur lui, et lui saisissant dans les mains le vêtement : « Non... tu te trompes... donne-moi ça. »

Mais il le tenait toujours par une manche, ne le lâchant pas, répétant dans une sorte d'affolement : « Hein ?... Pourquoi ?... Explique-moi ?... À qui ce pardessus ?... Ce n'est pas le mien, puisqu'il porte la Légion d'honneur ? »

Elle s'efforçait de le lui arracher, éperdue, bégayant : « Écoute... écoute... donne-moi ça... je ne peux pas te dire... c'est un secret... écoute. »

Mais il se fâchait, devenait pâle : « Je veux savoir comment ce paletot est ici. Ce n'est pas le mien. »

Alors, elle lui cria dans la figure : « Si, tais-toi, jure-moi... écoute... eh bien ! tu es décoré ! »

Il eut une telle secousse d'émotion qu'il lâcha le pardessus et alla tomber dans un fauteuil.

« Je suis... tu dis... je suis... décoré.

— Oui... c'est un secret, un grand secret... »

Elle avait enfermé dans une armoire le vêtement glorieux, et revenait vers son mari, tremblante et pâle. Elle reprit : « Oui, c'est un pardessus neuf que je t'ai fait faire. Mais j'avais juré de ne te rien dire. Cela ne sera pas officiel avant un mois ou six semaines. Il faut que ta mission soit terminée. Tu ne devais le savoir qu'à ton retour. C'est M. Rosselin qui a obtenu ça pour toi... »

Sacrement, défaillant, bégayait : « Rosselin... décoré... Il m'a fait décorer... moi... lui... Ah !... »

Et il fut obligé de boire un verre d'eau.

Un petit papier blanc gisait par terre, tombé de la poche du pardessus. Sacrement le ramassa, c'était une carte de visite. Il lut : « Rosselin – député. »

« Tu vois bien », dit la femme.

Et il se mit à pleurer de joie.

Huit jours plus tard *L'Officiel*[1] annonçait que M. Sacrement était nommé chevalier de la Légion d'honneur, pour services exceptionnels.

François Jules Edmond Got, acteur français, caricature de B. Moloch parue dans *Le Trombinoscope* de Touchatout en 1882.

1. *L'Officiel* : ancêtre du *Journal Officiel*, organe chargé de publier les actes officiels du gouvernement.

La Question du latin

🙢

paru dans *Le Gaulois*, le 2 septembre 1886

Cette question du latin, dont on nous abrutit depuis quelque temps, me rappelle une histoire, une histoire de ma jeunesse.

Je finissais mes études chez un marchand de soupe[1], d'une grande ville du Centre, à l'institution Robineau, célèbre dans toute la province par la force des études latines qu'on y faisait.

Depuis dix ans, l'institution Robineau battait, à tous les concours, le lycée impérial● de la ville et tous les collèges des sous-préfectures, et ses succès constants étaient dus, disait-on, à un pion, un simple pion, M. Piquedent, ou plutôt le père Piquedent.

C'était un de ces demi-vieux tout gris, dont il est impossible de connaître l'âge et dont on devine l'histoire à première vue. Entré comme pion à vingt ans dans une institution quelconque, afin de pouvoir pousser ses études jusqu'à la licence ès lettres d'abord, et jusqu'au doctorat ensuite, il s'était trouvé engrené[2] de telle sorte dans cette vie sinistre qu'il était resté pion toute sa vie. Mais son amour pour le latin ne l'avait pas quitté et le harcelait à la façon d'une passion malsaine. Il continuait à lire les poètes, les prosateurs[3], les historiens, à les interpréter, à les pénétrer, à les commenter, avec une persévérance qui touchait à la manie.

Un jour, l'idée lui vint de forcer tous les élèves de son étude à ne lui répondre qu'en latin ; et il persista dans cette résolution, jusqu'au moment où ils furent capables de soutenir avec lui une

---

1. **Marchand de soupe** : restaurateur de bas-étage. L'emploi d'un tel terme pour désigner un directeur de collège est péjoratif.
2. **Engrené** : attrapé, pris comme dans un engrenage.
3. **Prosateur** : qui écrit en prose, par exemple le romancier.

● « Lycée impérial » était le nom donné à l'époque aux lycées, créés sous Napoléon. Celui-ci était alors le plus prestigieux de la région.

conversation entière comme ils l'eussent fait dans leur langue maternelle.

Il les écoutait ainsi qu'un chef d'orchestre écoute répéter ses musiciens, et à tout moment frappant son pupitre de sa règle :

« Monsieur Lefrère, monsieur Lefrère, vous faites un solécisme[1] ! Vous ne vous rappelez donc pas la règle ?... »

« Monsieur Plantel, votre tournure de phrase est toute française et nullement latine. Il faut comprendre le génie d'une langue. Tenez, écoutez-moi... »

Or il arriva que les élèves de l'institution Robineau emportèrent, en fin d'année, tous les prix de thème, version et discours latins.

L'an suivant, le patron, un petit homme rusé comme un singe, dont il avait d'ailleurs le physique grimaçant et grotesque, fit imprimer sur ses programmes, sur ses réclames et peindre sur la porte de son institution ;

« Spécialités d'études latines. – Cinq premiers prix remportés dans les cinq classes du lycée.

« Deux prix d'honneur au Concours général avec tous les lycées et collèges de France. »

Pendant dix ans l'institution Robineau triompha de la même façon. Or, mon père, alléché par ces succès, me mit comme externe chez ce Robineau que nous appelions Robinetto ou Robinettino, et me fit prendre des répétitions spéciales avec le père Piquedent, moyennant cinq francs l'heure, sur lesquels le pion touchait deux francs et le patron trois francs. J'avais alors dix-huit ans, et j'étais en philosophie.

Ces répétitions avaient lieu dans une petite chambre qui donnait sur la rue. Il advint que le père Piquedent, au lieu de me parler latin, comme il faisait à l'étude, me raconta ses chagrins en

---

1. **Solécisme** : faute de grammaire.

LA QUESTION DU LATIN

français. Sans parents, sans amis, le pauvre bonhomme me prit en affection et versa dans mon cœur sa misère.

Jamais depuis dix ou quinze ans il n'avait causé seul à seul avec quelqu'un.

« Je suis comme un chêne dans un désert, disait-il. *Sicut quercus in solitudine.* »

Les autres pions le dégoûtaient ; il ne connaissait personne en ville, puisqu'il n'avait aucune liberté pour se faire des relations.

« Pas même les nuits, mon ami, et c'est le plus dur pour moi. Tout mon rêve serait d'avoir une chambre avec mes meubles, mes livres, de petites choses qui m'appartiendraient et auxquelles les autres ne pourraient pas toucher. Et je n'ai rien à moi, rien que ma culotte et ma redingote[1], rien, pas même mon matelas et mon oreiller ! Je n'ai pas quatre murs où m'enfermer, excepté quand je viens pour donner une leçon dans cette chambre. Comprenez-vous ça, vous, un homme qui passe toute sa vie sans avoir jamais le droit, sans trouver jamais le temps de s'enfermer tout seul, n'importe où, pour penser, pour réfléchir, pour travailler, pour rêver ? Ah ! mon cher, une clef, la clef d'une porte qu'on peut fermer, voilà le bonheur, le voilà, le seul bonheur !

« Ici, pendant le jour, l'étude avec tous ces galopins qui remuent, et, pendant la nuit le dortoir avec ces mêmes galopins, qui ronflent. Et je dors dans un lit public au bout des deux files de ces lits de polissons que je dois surveiller. Je ne peux jamais être seul, jamais ! Si je sors, je trouve la rue pleine de monde, et quand je suis fatigué de marcher, j'entre dans un café plein de fumeurs et de joueurs de billard. Je vous dis que c'est un bagne[2]. »

---

1. **Culotte** : pantalon ; **redingote** : veste longue.
2. **Bagne** : prison où les condamnés étaient astreints à des travaux forcés.

Je lui demandais :

« Pourquoi n'avez-vous pas fait autre chose, monsieur Piquedent ? »

Il s'écriait :

« Et quoi, mon petit ami, quoi ? Je ne suis ni bottier, ni menuisier, ni chapelier, ni boulanger, ni coiffeur. Je ne sais que le latin, moi, et je n'ai pas de diplôme qui me permette de le vendre cher. Si j'étais docteur, je vendrais cent francs ce que je vends cent sous ; et je le fournirais sans doute de moins bonne qualité, car mon titre suffirait à soutenir ma réputation. »

Parfois il me disait :

« Je n'ai de repos dans la vie que les heures passées avec vous. Ne craignez rien, vous n'y perdrez pas. À l'étude, je me rattraperai en vous faisant parler deux fois plus que les autres. »

Un jour je m'enhardis, et je lui offris une cigarette. Il me contempla d'abord avec stupeur, puis il regarda la porte :

« Si on entrait, mon cher !

— Eh bien, fumons à la fenêtre », lui dis-je.

Et nous allâmes nous accouder à la fenêtre sur la rue en cachant au fond de nos mains arrondies en coquille les minces rouleaux de tabac.

En face de nous était une boutique de repasseuses : quatre femmes en caraco[1] blanc promenaient sur le linge, étalé devant elles, le fer lourd et chaud qui dégageait une buée.

Tout à coup une autre, une cinquième, portant au bras un large panier qui lui faisait plier la taille, sortit pour aller rendre aux clients leurs chemises, leurs mouchoirs et leurs draps.

Elle s'arrêta sur la porte comme si elle eût été fatiguée déjà ; puis elle leva les yeux, sourit en nous voyant fumer, nous jeta,

---

1. **Caraco** : blouse de femme, droite et ample.

de sa main restée libre, un baiser narquois[1] d'ouvrière insouciante● ; et elle s'en alla d'un pas lent, en traînant ses chaussures.

C'était une fille de vingt ans, petite, un peu maigre, pâle, assez jolie, l'air gamin, les yeux rieurs sous des cheveux blonds mal peignés.

Le père Piquedent, ému, murmura :

« Quel métier, pour une femme ! Un vrai métier de cheval. »

Et il s'attendrit sur la misère du peuple. Il avait un cœur exalté de démocrate sentimental[2] et il parlait des fatigues ouvrières avec des phrases de Jean-Jacques Rousseau[3] et des larmoiements dans la gorge.

Le lendemain, comme nous étions accoudés à la même fenêtre, la même ouvrière nous aperçut et nous cria : « Bonjour les écoliers ! » d'une petite voix drôle, en nous faisant la nique avec ses mains.

Je lui jetai une cigarette, qu'elle se mit aussitôt à fumer. Et les quatre autres repasseuses se précipitèrent sur la porte, les mains tendues, afin d'en avoir aussi.

Et, chaque jour, un commerce d'amitié s'établit entre les travailleuses du trottoir et les fainéants de la pension.

Le père Piquedent était vraiment comique à voir. Il tremblait d'être aperçu, car il aurait pu perdre sa place, et il faisait des gestes timides et farces, toute une mimique d'amoureux sur la scène, à laquelle les femmes répondaient par une mitraille de baisers.

---

1. **Narquois** : moqueur.
2. **Démocrate sentimental** : synonyme de républicain à cette époque.
3. **J.-J. Rousseau** : écrivain et philosophe du XVIIIe siècle, auteur du *Contrat social* et du *Discours sur l'origine de l'inégalité entre les hommes*, symbole du socialisme utopique au XIXe siècle.

● L'ouvrière insouciante est un personnage typique de la rue parisienne au XIXe, souvent mis en scène dans les romans et nouvelles de l'époque de l'industrialisation et de l'urbanisation (1850-1900).

Une idée perfide me germait dans la tête. Un jour, en rentrant dans notre chambre, je dis, tout bas, au vieux pion :

« Vous ne croiriez pas, monsieur Piquedent, j'ai rencontré la petite blanchisseuse ! Vous savez bien, celle au panier, et je lui ai parlé ! »

Il demanda, un peu troublé par le ton que j'avais pris :

« Que vous a-t-elle dit ?

— Elle m'a dit... mon Dieu... elle m'a dit... qu'elle vous trouvait très bien... Au fond, je crois... je crois... qu'elle est un peu amoureuse de vous... »

Je le vis pâlir ; il reprit :

« Elle se moque de moi sans doute. Ces choses-là n'arrivent pas à mon âge. »

Je dis gravement :

« Pourquoi donc ? Vous êtes très bien ! »

Comme je le sentais touché par ma ruse, je n'insistai pas.

Mais, chaque jour, je prétendis avoir rencontré la petite et lui avoir parlé de lui ; si bien qu'il finit par me croire et par envoyer à l'ouvrière des baisers ardents et convaincus.

Or, il arriva qu'un matin, en me rendant à la pension, je la rencontrai vraiment. Je l'abordai sans hésiter comme si je la connaissais depuis dix ans.

« Bonjour, Mademoiselle. Vous allez bien ?

— Fort bien, Monsieur, je vous remercie.

— Voulez-vous une cigarette ?

— Oh ! pas dans la rue.

— Vous la fumerez chez vous.

— Alors, je veux bien.

— Dites donc, Mademoiselle, vous ne savez pas ?

— Quoi donc, Monsieur ?

— Le vieux, mon vieux professeur...

— Le père Piquedent ?

— Oui, le père Piquedent. Vous savez donc son nom ?

— Parbleu ! Eh bien ?

— Eh bien, il est amoureux de vous ! »

Elle se mit à rire comme une folle et s'écria :

« C'te blague !

— Mais non, ce n'est pas une blague. Il me parle de vous tout le temps des leçons. Je parie qu'il vous épousera, moi ! »

Elle cessa de rire. L'idée du mariage rend graves toutes les filles. Puis elle répéta incrédule :

« C'te blague !

— Je vous jure que c'est vrai. »

Elle ramassa son panier posé devant mes pieds :

« Eh bien ! nous verrons », dit-elle.

Et elle s'en alla.

Aussitôt entré à la pension, je pris à part le père Piquedent :

« Il faut lui écrire ; elle est folle de vous. »

Et il écrivit une longue lettre doucement tendre, pleine de phrases et de périphrases, de métaphores et de comparaisons[1], de philosophie et de galanterie universitaire, un vrai chef-d'œuvre de grâce burlesque, que je me chargeai de remettre à la jeune personne.

Elle la lut avec gravité, avec émotion, puis elle murmura :

« Comme il écrit bien ! On voit qu'il a reçu de l'éducation ! C'est-il vrai qu'il m'épouserait ? »

Je répondis intrépidement :

« Parbleu ! Il en perd la tête.

— Alors il faut qu'il m'invite à dîner dimanche à l'île des Fleurs. »

Je promis qu'elle serait invitée.

1. **Périphrase, métaphore, comparaison** : figures de rhétorique.

Le père Piquedent fut très touché de tout ce que je lui racontai d'elle.

J'ajoutai :

« Elle vous aime, monsieur Piquedent ; et je la crois une honnête fille. Il ne faut pas la séduire et l'abandonner ensuite ! »

Il répondit avec fermeté :

« Moi aussi je suis un honnête homme, mon ami. »

Je n'avais, je l'avoue, aucun projet. Je faisais une farce, une farce d'écolier, rien de plus. J'avais deviné la naïveté du vieux pion, son innocence et sa faiblesse. Je m'amusais sans me demander comment cela tournerait. J'avais dix-huit ans, et je passais pour un madré[1] farceur, au lycée, depuis longtemps déjà.

Donc il fut convenu que le père Piquedent et moi partirions en fiacre[2] jusqu'au bac de la Queue-de-Vache, nous y trouverions Angèle, et je les ferais monter dans mon bateau, car je canotais[3] en ce temps-là. Je les conduirais ensuite à l'île des Fleurs, où nous dînerions tous les trois. J'avais imposé ma présence, pour bien jouir de mon triomphe, et le vieux, acceptant ma combinaison, prouvait bien qu'il perdait la tête en effet en exposant ainsi sa place.

Quand nous arrivâmes au bac, où mon canot était amarré depuis le matin, j'aperçus dans l'herbe, ou plutôt au-dessus des hautes herbes de la berge, une ombrelle rouge énorme, pareille à un coquelicot monstrueux. Sous l'ombrelle nous attendait la petite blanchisseuse endimanchée. Je fus surpris ; elle était vraiment gentille, bien que pâlotte, et gracieuse, bien que d'allure un peu faubourienne[4].

---

1. **Madré** : rusé.
2. **Fiacre** : voiture à cheval, ancêtre du taxi.
3. **Canoter** : se promener en barque, activité à la mode à l'époque.
4. **Faubourienne** : populaire et vulgaire.

Le père Piquedent lui tira son chapeau en s'inclinant. Elle lui tendit la main, et ils se regardèrent sans dire un mot. Puis ils montèrent dans mon bateau et je pris les rames.

Ils étaient assis côte à côte, sur le banc d'arrière.

Le vieux parla le premier :

« Voilà un joli temps, pour une promenade en barque. »

Elle murmura :

« Oh ! oui. »

Elle laissait traîner sa main dans le courant, effleurant l'eau de ses doigts, qui soulevaient un mince filet transparent, pareil à une lame de verre. Cela faisait un bruit léger, un gentil clapot, le long du canot.

Quand on fut dans le restaurant, elle retrouva la parole, commanda le dîner : une friture, un poulet et de la salade ; puis elle nous entraîna dans l'île, qu'elle connaissait parfaitement.

Alors elle fut gaie, gamine et même assez moqueuse. Jusqu'au dessert, il ne fut pas question d'amour. J'avais offert du champagne, et le père Piquedent était gris. Un peu partie[1] elle-même, elle l'appelait :

« Monsieur Piquenez. »

Il dit tout à coup :

« Mademoiselle, M. Raoul vous a communiqué mes sentiments. »

Elle devint sérieuse comme un juge.

« Oui, Monsieur !

— Y répondez-vous ?

— On ne répond jamais à ces questions-là ! »

Il soufflait d'émotion et reprit :

« Enfin, un jour viendra-t-il où je pourrai vous plaire ? »

---

1. **Gris, parti** : légèrement ivre.

Elle sourit :

« Gros bête ! Vous êtes très gentil.

– Enfin, Mademoiselle, pensez-vous que plus tard, nous pourrions... ? »

Elle hésita, une seconde ; puis d'une voix tremblante :

« C'est pour m'épouser que vous dites ça ? Car jamais autrement, vous savez ?

– Oui Mademoiselle !

– Eh bien ! ça va, monsieur Piquenez ! »

C'est ainsi que ces deux étourneaux[1] se promirent le mariage, par la faute d'un galopin. Mais je ne croyais pas cela sérieux ; ni eux non plus, peut-être. Une hésitation lui vint à elle :

« Vous savez, je n'ai rien, pas quatre sous. »

Il balbutia, car il était ivre comme Silène[2] :

« Moi, j'ai cinq mille francs d'économies. »

Elle s'écria triomphante :

« Alors nous pourrions nous établir[3] ? »

---

1. **Étourneau** : oiseau, symbole de distraction et d'étourderie.
2. **Silène** : vieux sage et satyre du cortège de Dyonisos, il est toujours ivre.
3. **Établir** : se mettre à son compte.

Il devint inquiet :

« Nous établir quoi ?

— Est-ce que je sais, moi ? Nous verrons. Avec cinq mille francs, on fait bien des choses. Vous ne voulez pas que j'aille habiter dans votre pension, n'est-ce pas ? »

Il n'avait point prévu jusque-là, et il bégayait fort perplexe :

« Nous établir quoi ? Ça n'est pas commode ! Moi je ne sais que le latin ! »

Elle réfléchissait à son tour, passant en revue toutes les professions qu'elle avait ambitionnées.

« Vous ne pourriez pas être médecin ?

— Non, je n'ai pas de diplôme.

— Ni pharmacien ?

— Pas davantage. »

Elle poussa un cri de joie. Elle avait trouvé.

« Alors nous achèterons une épicerie ! Oh ! quelle chance ! nous achèterons une épicerie ! Pas grosse par exemple ; avec cinq mille francs on ne va pas loin. »

Il eut une révolte :

« Non, je ne peux pas être épicier... Je suis... je suis... je suis trop connu... Je ne sais que... que... que le latin... moi... »

Mais elle lui enfonçait dans la bouche un verre plein de champagne. Il but et se tut.

Nous remontâmes dans le bateau. La nuit était noire, très noire. Je vis bien, cependant, qu'ils se tenaient par la taille et qu'ils s'embrassèrent plusieurs fois.

Ce fut une catastrophe épouvantable. Notre escapade, découverte, fit chasser le père Piquedent. Et mon père, indigné, m'envoya finir ma philosophie dans la pension Ribaudet.

Je passai mon bachot[1] six semaines plus tard. Puis j'allai à Paris faire mon droit ; et je ne revins dans ma ville natale qu'après deux ans.

Au détour de la rue du Serpent une boutique m'accrocha l'œil. On lisait : *Produits coloniaux Piquedent*. Puis dessous, afin de renseigner les plus ignorants : *Épicerie*.

Je m'écriai :

« *Quantum mutatus ab illo !* »

Il leva la tête, lâcha sa cliente et se précipita sur moi les mains tendues.

« Ah ! mon jeune ami, mon jeune ami, vous voici ! Quelle chance ! Quelle chance ! »

Une belle femme, très ronde, quitta brusquement le comptoir et se jeta sur mon cœur. J'eus de la peine à la reconnaître tant elle avait engraissé.

Je demandai :

« Alors ça va ? »

Piquedent s'était remis à peser :

« Oh ! très bien, très bien, très bien. J'ai gagné trois mille francs nets, cette année !

— Et le latin, monsieur Piquedent ?

— Oh ! mon Dieu, le latin, le latin, le latin, voyez-vous, il ne nourrit pas son homme ! »

---

1. Bachot : baccalauréat.

● « Que de changements depuis lors. » Le narrateur parle en latin car son ancien professeur parlait latin avec ses élèves.

● À l'époque, l'embonpoint est signe de richesse et de réussite sociale. C'est pourquoi, au début du récit, la jeune ouvrière est décrite comme jolie mais frêle et pâle. En s'établissant, elle s'est épanouie.

Mademoiselle Cocotte

*paru dans Gil Blas, le 20 mars 1883,
sous la signature de Maufrigneuse,
puis dans le recueil Clair de lune*

Nous allions sortir de l'Asile[1] quand j'aperçus dans un coin de la cour un grand homme maigre qui faisait obstinément le simulacre d'appeler un chien imaginaire. Il criait, d'une voix douce, d'une voix tendre : « Cocotte, ma petite Cocotte, viens ici, Cocotte, viens ici, ma belle », en tapant sur sa cuisse comme on fait pour attirer les bêtes. Je demandai au médecin :

– Qu'est-ce que celui-là ?

Il me répondit :

– Oh ! celui-là n'est pas intéressant. C'est un cocher, nommé François, devenu fou après avoir noyé son chien.

J'insistai :

– Dites-moi donc son histoire. Les choses les plus simples, les plus humbles, sont parfois celles qui nous mordent le plus au cœur.

Et voici l'aventure de cet homme qu'on avait sue tout entière par un palefrenier[2], son camarade.

« Dans la banlieue de Paris vivait une famille de bourgeois riches. Ils habitaient une élégante villa au milieu d'un parc, au bord de la Seine. Le cocher était ce François, gars de campagne, un peu lourdaud, bon cœur, niais[3], facile à duper[4].

---

1. **Asile** : hôpital psychiatrique.
2. **Palefrenier** : garçon d'écurie.
3. **Niais** : bête.
4. **Duper** : tromper.

● Le titre est un jeu de mots car, au XIXe siècle, une « cocotte » est une prostituée.

Comme il rentrait un soir chez ses maîtres, un chien se mit à le suivre. Il n'y prit point garde d'abord ; mais l'obstination de la bête à marcher sur ses talons le fit bientôt se retourner. Il regarda s'il connaissait ce chien. Non, il ne l'avait jamais vu.

C'était une chienne d'une maigreur affreuse avec de grandes mamelles pendantes. Elle trottinait derrière l'homme d'un air lamentable et affamé, la queue entre les pattes, les oreilles collées contre la tête, et s'arrêtait quand il s'arrêtait, repartant quand il repartait.

Il voulait chasser ce squelette de bête et cria : « Va-t'en. Veux-tu bien te sauver ! Hou ! hou ! » Elle s'éloigna de quelques pas et se planta sur son derrière, attendant ; puis, dès que le cocher se remit en marche, elle repartit derrière lui.

Il fit semblant de ramasser des pierres. L'animal s'enfuit un peu plus loin avec un grand ballottement de ses mamelles flasques ; mais il revint aussitôt que l'homme eut tourné le dos.

Alors le cocher François, pris de pitié, l'appela. La chienne s'approcha timidement, l'échine[1] pliée en cercle, et toutes les côtes soulevant sa peau. L'homme caressa ces os saillants et, tout ému par cette misère de bête : « Allons, viens ! » dit-il. Aussitôt elle remua la queue, se sentant accueillie, adoptée, et, au lieu de rester dans les mollets de son nouveau maître, elle se mit à courir devant lui.

Il l'installa sur la paille dans son écurie ; puis il courut à la cuisine chercher du pain. Quand elle eut mangé tout son soûl, elle s'endormit, couchée en rond.

Le lendemain, les maîtres, avertis par leur cocher, permirent qu'il gardât l'animal. C'était une bonne bête, caressante et fidèle, intelligente et douce.

---

1. **Échine** : colonne vertébrale des animaux.

Mais, bientôt, on lui reconnut un défaut terrible. Elle était enflammée d'amour d'un bout à l'autre de l'année. Elle eut fait, en quelque temps, la connaissance de tous les chiens de la contrée qui se mirent à rôder autour d'elle jour et nuit. Elle leur partageait ses faveurs avec une indifférence de fille[1], semblait au mieux avec tous, traînait derrière elle une vraie meute[2] composée de modèles les plus différents de la race aboyante, les uns gros comme le poing, les autres grands comme des ânes. Elle les promenait par les routes en des courses interminables, et quand elle s'arrêtait pour se reposer sur l'herbe, ils faisaient cercle autour d'elle, et la contemplaient la langue tirée.

Les gens du pays la considéraient comme un phénomène ; jamais on n'avait vu pareille chose. Le vétérinaire n'y comprenait rien.

Quand elle était rentrée, le soir, en son écurie, la foule des chiens faisait le siège de la propriété. Ils se faufilaient par toutes les issues de la haie vive[3] qui clôturait le parc, dévastaient les plates-bandes, arrachaient les fleurs, creusaient des trous dans les corbeilles, exaspérant le jardinier. Et ils hurlaient des nuits entières autour du bâtiment où logeait leur amie, sans que rien les décidât à s'en aller.

Dans le jour, ils pénétraient jusque dans la maison. C'était une invasion, une plaie, un désastre. Les maîtres rencontraient à tout moment dans l'escalier et jusque dans les chambres de petits roquets jaunes à queue empanachée, des chiens de chasse, des bouledogues, des loulous rôdeurs à poil sale, vagabonds sans feu ni lieu, des terre-neuve énormes qui faisaient fuir les enfants.

---

1. **Fille** : ici au sens de fille publique, prostituée.
2. **Meute** : groupe de chiens.
3. **Haie vive** : barrière composée d'arbustes plantés serrés.

On vit alors dans le pays des chiens inconnus à dix lieues[1] à la ronde, venus on ne sait d'où, vivant on ne sait comment, et qui disparaissaient ensuite.

Cependant François adorait Cocotte. Il l'avait nommée Cocotte, sans malice, bien qu'elle méritât son nom ; et il répétait sans cesse : « Cette bête-là, c'est une personne. Il ne lui manque que la parole. »

Il lui avait fait confectionner un collier magnifique en cuir rouge qui portait ces mots gravés sur une plaque de cuivre : « Mademoiselle Cocotte, au cocher François. »

Elle était devenue énorme. Autant elle avait été maigre, autant elle était obèse, avec un ventre gonflé sous lequel pendillaient toujours ses longues mamelles ballotantes. Elle avait engraissé tout d'un coup et elle marchait maintenant avec peine, les pattes écartées à la façon des gens trop gros, la gueule ouverte pour souffler, exténuée aussitôt qu'elle avait essayé de courir.

Elle se montrait d'ailleurs d'une fécondité phénoménale, toujours pleine[2] presque aussitôt que délivrée[3], donnant le jour quatre fois l'an à un chapelet de petits animaux appartenant à toutes les variétés de la race canine. François, après avoir choisi celui qu'il lui laissait pour « passer son lait », ramassait les autres dans son tablier d'écurie et allait, sans apitoiement, les jeter à la rivière.

Mais bientôt la cuisinière joignit ses plaintes à celles du jardinier. Elle trouvait des chiens jusque sous son fourneau, dans le buffet, dans la soupente[4] au charbon, et ils volaient tout ce qu'ils rencontraient.

---

1. **Dix lieues** : environ 40 kilomètres.
2. **Pleine** : portant des petits.
3. **Délivrée** : ayant mis bas.
4. **Soupente** : réduit sous un escalier ou un toit dont le plafond est en pente.

Le maître, impatienté, ordonna à François de se débarrasser de Cocotte. L'homme, désolé, chercha à la placer. Personne n'en voulut. Alors il se résolut à la perdre, et il la confia à un voiturier qui devait l'abandonner dans la campagne de l'autre côté de Paris, auprès de Joinville-le-Pont.

Le soir même, Cocotte était revenue.

Il fallait prendre un grand parti. On la livra, moyennant cinq francs, à un chef de train allant au Havre. Il devait la lâcher à l'arrivée.

Au bout de trois jours, elle rentrait dans son écurie, harassée, efflanquée, écorchée, n'en pouvant plus.

Le maître, apitoyé, n'insista pas.

Mais les chiens revinrent bientôt plus nombreux et plus acharnés que jamais. Et comme on donnait, un soir, un grand dîner, une poularde truffée fut emportée par un dogue, au nez de la cuisinière qui n'osa pas la lui disputer.

Le maître, cette fois, se fâcha tout à fait, et, ayant appelé François, il lui dit avec colère :

— Si vous ne me flanquez pas cette bête à l'eau avant demain matin, je vous fiche à la porte, entendez-vous ?

L'homme fut atterré, et il remonta dans sa chambre pour faire sa malle, préférant quitter sa place. Puis il réfléchit qu'il ne pourrait entrer nulle part tant qu'il traînerait derrière lui cette bête incommode ; il songea qu'il était dans une bonne maison, bien payé, bien nourri ; il se dit que vraiment un chien ne valait pas ça ; il s'excita au nom de ses propres intérêts ; et il finit par prendre résolument le parti de se débarrasser de Cocotte au point du jour.

Il dormit mal, cependant. Dès l'aube, il fut debout et, s'emparant d'une forte corde, il alla chercher la chienne. Elle se leva lentement, se secoua, étira ses membres et vint fêter son maître.

Alors le courage lui manqua, et il se mit à l'embrasser avec tendresse, flattant ses longues oreilles, la baisant sur le museau, lui prodiguant tous les noms tendres qu'il savait.

Mais une horloge voisine sonna six heures. Il ne fallait plus hésiter. Il ouvrit la porte : « Viens », dit-il. La bête remua la queue, comprenant qu'on allait sortir.

Ils gagnèrent la berge, et il choisit une place où l'eau semblait profonde. Alors il noua un bout de la corde au beau collier de cuir, et ramassant une grosse pierre, il l'attacha de l'autre bout. Puis il saisit Cocotte dans ses bras et la baisa furieusement comme une personne qu'on va quitter. Il la tenait serrée sur la poitrine, la berçait, l'appelait « ma belle Cocotte, ma petite Cocotte », et elle se laissait faire en grognant de plaisir.

Dix fois il la voulut jeter, et toujours le cœur lui manquait.

Mais brusquement il se décida, et de toute sa force il la lança le plus loin possible. Elle essaya d'abord de nager, comme elle faisait lorsqu'on la baignait, mais sa tête, entraînée par la pierre, plongeait coup sur coup ; et elle jetait à son maître des regards éperdus, des regards humains, en se débattant comme une personne qui se noie. Puis tout l'avant du corps s'enfonça, tandis que les pattes de derrière s'agitaient follement hors de l'eau ; puis elles disparurent aussi.

Alors, pendant cinq minutes, des bulles d'air vinrent crever à la surface comme si le fleuve se fût mis à bouillonner ; et François, hagard, affolé, le cœur palpitant, croyait voir Cocotte se tordant dans la vase ; et il se disait, dans sa simplicité de paysan : « Qu'est-ce qu'elle pense de moi, à c't'heure, c'te bête ? »

Il faillit devenir idiot ; il fut malade pendant un mois ; et, chaque nuit, il rêvait de sa chienne ; il la sentait qui léchait ses mains ; il l'entendait aboyer. Il fallut appeler un médecin. Enfin il alla mieux ; et ses maîtres, vers la fin de juin, l'emmenèrent dans leur propriété de Biessard, près de Rouen.

Là encore il était au bord de la Seine. Il se mit à prendre des bains. Il descendait chaque matin avec le palefrenier, et ils traversaient le fleuve à la nage.

Or, un jour, comme ils s'amusaient à batifoler dans l'eau, François cria soudain à son camarade :

– Regarde celle-là qui s'amène. Je vas t'en faire goûter une côtelette.

C'était une charogne énorme, gonflée, pelée, qui s'en venait, les pattes en l'air en suivant le courant.

François s'en approcha en faisant des brasses ; et, continuant ses plaisanteries :

– Cristi ! elle n'est pas fraîche. Quelle prise ! mon vieux. Elle n'est pas maigre non plus.

Et il tournait autour, se maintenant à distance de l'énorme bête en putréfaction.

Puis, soudain, il se tut et il la regarda avec une attention singulière ; puis il s'approcha encore comme pour la toucher, cette fois. Il examinait fixement le collier, puis il avança le bras, saisit le cou, fit pivoter la charogne, l'attira tout près de lui, et lut sur le cuivre verdi qui restait adhérent au cuir décoloré : « Mademoiselle Cocotte, au cocher François. »

La chienne morte avait retrouvé son maître à soixante lieues de leur maison !

Il poussa un cri épouvantable et il se mit à nager de toute sa force vers la berge, en continuant à hurler ; et, dès qu'il eut atteint la terre, il se sauva éperdu, tout nu, par la campagne. Il était fou ! »

Le Bon Marché à Paris en 1887.

LE DOSSIER

La Parure et autres nouvelles à chute
Cinq nouvelles réalistes et satiriques à chute

REPÈRES
Qu'est-ce qu'une nouvelle ? **64**
Qu'appelle-t-on le réalisme ? **66**
Qu'est-ce qu'une œuvre satirique ? **67**

PARCOURS DE L'ŒUVRE
Étape 1 : Lire l'incipit d'une nouvelle (*La Parure*) **68**
Étape 2 : Analyser la composition et la chute
   d'une nouvelle (*La Parure*) **70**
Étape 3 : Étudier le réalisme d'une nouvelle (*Le Parapluie*) ... **72**
Étape 4 : Mettre en évidence la satire sociale (*Décoré !*) **74**
Étape 5 : Faire apparaître la variété des registres utilisés
   dans une même nouvelle (*La Question du latin*) **76**
Étape 6 : Étudier un récit enchâssé (*Mademoiselle Cocotte*) **78**
Étape 7 : Exploiter les informations de l'enquête **80**

TEXTES ET IMAGE
Le bal, providence ou catastrophe ? : groupement de documents .. **82**

Qu'est-ce qu'une nouvelle ?

La nouvelle est un récit réaliste court qui raconte une intrigue unique présentée comme s'étant réellement produite. Elle connaît une sorte d'âge d'or à l'époque de Maupassant.

● L'ORIGINE DE LA NOUVELLE

La littérature regorge d'histoires courtes : fables, moralités, apologues, fabliaux, cependant c'est le *Decameron* (vers 1353) de Boccace qui est considéré comme l'origine de la nouvelle. Dans ce livre, dix jeunes gens, réunis pendant dix jours à la campagne pour fuir la peste, se racontent tour à tour une histoire. Au bout des dix jours il y a donc cent histoires courtes, qui narrent des événements présentés comme s'étant réellement passés, il y a peu de temps et non loin de l'endroit où se trouvent les narrateurs. Après le succès du *Decameron*, ce modèle sera repris dans toute l'Europe.

● UN GENRE EN PLEINE EXPANSION AU XIXᵉ SIÈCLE

L'essor de la presse est un des facteurs du développement de la nouvelle. En effet, les journaux sont très demandeurs de récits dont la brièveté est adaptée à la taille d'une page de journal et aux habitudes de lecture de la presse. Pour les écrivains, une nouvelle est aussi plus rapide à écrire qu'un roman et la demande de la presse leur assure un revenu régulier. C'est ainsi que la plupart des romanciers de l'époque écrivent des nouvelles ou de courts romans.

Nouvelle ou conte ?

Le conte est un récit bref qui se déroule dans un monde merveilleux, c'est-à-dire magique, non rationnel, dont l'action est située dans un lointain passé et en un pays imaginaire. Le récit débouche sur une morale. Malgré ces différences avec la nouvelle, les auteurs du XIXᵉ siècle emploient presque indifféremment l'une ou autre dénomination pour leurs œuvres, sans doute pour faire comprendre qu'elles ont, comme le conte, une dimension morale.

REPÈRES

Une écriture narrative et rapide

L'écriture de la nouvelle est très narrative et peu descriptive. La narration elle-même présente des ellipses (périodes passées sous silence) : c'est le cas dans La Parure, *où dix ans passent entre la perte du bijou et la scène finale. Il en va de même dans* Mademoiselle Cocotte, *où un temps assez long est tu entre le début de l'histoire et sa « chute ».*

● UNE INTRIGUE SIMPLE, UNE CHUTE FRAPPANTE

Compte tenu de sa brièveté, la nouvelle se concentre obligatoirement sur une intrigue simple, la perte du collier dans *La Parure*, par exemple, ou bien la réparation du parapluie dans *Le Parapluie*. Le narrateur commence souvent « in medias res », c'est-à-dire que l'action est déjà commencée au début de la nouvelle, ou par la présentation rapide d'un personnage comme dans *Le Parapluie* : « Mme Oreille était économe. » Souvent, la nouvelle est construite en vue de sa chute et de l'effet qu'elle produira sur le lecteur : c'est le cas des nouvelles de ce recueil.

La chute d'une nouvelle est une fin inattendue et cette surprise du dénouement, en plus de surprendre, invite souvent le lecteur à une deuxième lecture pour obtenir un nouvel éclairage.

● PEU DE PERSONNAGES

Dans une nouvelle, le nombre de personnages est toujours réduit et leur psychologie n'est pas fouillée. Ils incarnent des « types sociaux ».
L'héroïne de *La Parure* est une « déclassée », c'est-à-dire qu'elle occupe une position inférieure à ses origines. Les personnages du *Parapluie* sont des caricatures de petits employés de bureau. Le personnage de *Décoré !* est un exemple de mari cocu. Dans chacune de ces nouvelles, comme dans les autres du recueil, on notera qu'il n'y a jamais plus de trois personnages.

La Parure de Guy de Maupassant publiée dans *La Vie Populaire* en 1885, illustration d'Édouard Zier.

Qu'appelle-t-on le réalisme ?

Le réalisme est un mouvement littéraire et une forme d'écriture qui se donnent pour objectif de représenter le réel tel qu'il est, comme si la littérature était un miroir dans lequel se reflèterait le monde, selon la formule de Stendhal.

● LES ÉCRIVAINS RÉALISTES

Romanciers ou nouvellistes, les écrivains réalistes les plus importants sont Balzac (1799-1850), *Stendhal* (1783-1842), Flaubert (1821-1880). Le réalisme se poursuit avec le naturalisme représenté par Zola (1840-1902) et Maupassant (1850-1893).

Dans Le Rouge et le Noir *(1830), Stendhal écrit cette formule qui résume le réalisme : « Un roman est un miroir qui se promène sur une grande route. »*

● L'ESTHÉTIQUE RÉALISTE

L'écrivain réaliste choisit des personnages et des situations ordinaires, pris dans le réel, contrairement par exemple aux héros de tragédies ou d'épopées. Dans les dialogues, il s'attache à reproduire le plus fidèlement possible la manière de parler des personnages, comme le fait Maupassant avec le cocher de *Mademoiselle Cocotte*. Le narrateur reste neutre. Il ne porte pas de jugements explicites sur ses personnages mais fait en sorte que la description, les adjectifs fassent naître une idée du personnage.

Souvent, l'écrivain réaliste s'appuie sur une importante documentation. Il se veut un analyste de la société et prétend suivre une démarche scientifique. D'abord réaliste, Maupassant prend ses distances avec ces théories et affirme que le romancier réaliste reste un artiste qui interprète le monde.

Le procédé de la narration enchâssée

Dans certains cas l'écrivain met en scène une conversation entre deux amis, dont l'un va raconter une histoire à l'autre : celle d'un personnage rencontré par exemple, comme dans Mademoiselle Cocotte. *L'histoire racontée est ainsi enchâssée dans un récit cadre. Le personnage qui raconte est souvent détenteur d'une autorité (il est médecin, juge). Ce procédé et la personnalité du narrateur fournissent une très forte légitimité au récit et persuadent le lecteur de la réalité de l'histoire.*

Qu'est-ce qu'une œuvre satirique ?

La satire est un genre littéraire de l'Antiquité qui consiste à dénoncer les travers d'une époque par le rire.

● **DU GENRE AU REGISTRE**

La satire est pratiquée comme un genre indépendant jusqu'à la fin du XVIIIe siècle. Par la suite, les écrivains recourent aux procédés de la satire pour dénoncer les défauts en les rendant ridicules.

Dans les Lettres persanes, *Montesquieu insère de nombreuses satires.*

● **LES PROCÉDÉS DE LA SATIRE**

Les procédés de la satire sont ceux du comique et de la caricature. En insistant sur un défaut de caractère, un geste, un tic de langage, l'écrivain fait rire et rend ainsi sa critique plus efficace. Dans les nouvelles du recueil, Maupassant fait la satire de plusieurs types sociaux.

La satire selon Horace

Castigat ridendo mores : « *Elle châtie les mœurs en riant ». Dans ses* Satires, *Horace, poète latin du Ier siècle avant Jésus-Christ, se moque des vices et des ridicules de ses contemporains pour dénoncer l'absurdité de l'opinion commune et les dysfonctionnements de la société de cette époque.*

Dans *Le Parapluie*, il s'agit d'une satire de l'avarice mais aussi de l'épouse autoritaire et acariâtre. Inversement, son époux est une représentation satirique du mari faible et gouverné par son épouse.

Plusieurs nouvelles offrent une vision satirique et grinçante des petits employés (*La Parure, Le Parapluie*), chacun des récits insistant à plaisir sur l'étroitesse de leurs existences et de leurs vues et moquant leurs travers.

Dans *La Question du latin*, c'est une satire des collèges à travers le désespoir du professeur de latin et le directeur de l'école présenté plus comme un « marchand de soupe » que comme un pédagogue.

● **RÉALISME ET SATIRE**

Le réalisme participe de la satire sociale dans la mesure où, montrant le monde tel qu'il est, il en rend visible les défauts, contrairement à la littérature épique qui va s'attacher à mettre en avant la dimension exemplaire de ce dont elle parle.

Ulysse dans L'Odyssée *d'Homère est ainsi un héros parfait et sans défauts.*

Étape 1 • Lire l'incipit d'une nouvelle

SUPPORT : *La Parure* (l. 1 à 131, p. 12 à 17)

OBJECTIF : Comprendre ce qui se met en place dans les premières lignes d'un récit.

As-tu bien lu ?

1. Mathilde est née :
   ☐ dans une famille d'employés   ☐ dans une famille noble à la campagne
2. Quel événement survient dans sa vie ?
   ☐ elle hérite   ☐ elle prend un riche amant
   ☐ elle est invitée à une réception
3. Pourquoi Mathilde refuse-t-elle d'aller à la réception ?
4. Que propose alors son mari ?
5. Quel nouvel obstacle se dresse devant-elle ? Quelle solution lui propose alors son mari ?

Un incipit efficace

6. Complète le tableau suivant en indiquant les lignes.

	Résumé	Lignes
Présentation du personnage principal	Une jeune femme insatisfaite	
Événement déclencheur		
Premier obstacle/solution		
Deuxième obstacle/solution		

7. Quel jugement le narrateur porte-t-il sur la situation de Mathilde ? Relève plusieurs expressions qui permettent de justifier ta réponse.
8. Relève les adjectifs, les verbes et les noms qui montrent que Mathilde est insatisfaite de sa condition.
9. Mathilde est déchirée entre ce qu'elle est et ce qu'elle voudrait être. En quoi cela lance-t-il la narration ?
10. Quel bouleversement l'« invitation » (l. 50) introduit-elle dans la vie de Mathilde ? Relève le terme qui indique cette opposition et les deux objets qui vont symboliser la nouvelle situation de Mathilde.
11. Explique le titre de la nouvelle en citant un passage de cet extrait.

Des personnages opposés par la pauvreté et la richesse

12 Qu'est-ce qui oppose Mathilde à ses amies ? Justifie ta réponse.

13 Combien de fois le verbe « songer » est-il répété ? Sur quoi portent les songes de Mathilde ?

14 Relève deux passages qui montrent que le mari de Mathilde a, au contraire, des rêves modestes.

15 Explique en quoi tout oppose ces deux époux.

16 D'après cet incipit, peut-on déduire que Mathilde va réussir à réaliser son rêve grâce à l'invitation ?

La langue et le style

17 Des lignes 13 à 15, quelle est la figure de style employée par Maupassant ? Quel est le rôle de cette figure ?

18 Dans les phrases suivantes, quels sont le temps et la valeur du verbe ? « Les femmes n'ont point de caste ni de race. – Leur finesse native, leur instinct d'élégance, leur souplesse d'esprit sont leur seule hiérarchie, et font des filles du peuple les égales des plus grandes dames. »

Faire le bilan

19 Complète le bilan avec les mots suivants : pauvre, enjeux, riche, beauté, invitation, une parure, injustice, attributs, personnages, une robe.
Le rôle de l'incipit est de présenter les .... et les .... du récit. Maupassant commence sa nouvelle par la présentation de Mathilde Loisel, une jeune femme .... rongée par le désir d'être .... Le narrateur insiste sur l'........ de la situation de la jeune femme qui mériterait mieux en raison de sa .... Son mari, en lui offrant une .... à une soirée mondaine lui donne alors l'occasion de réaliser son rêve le temps de la fête. Mais elle doit se procurer les .... de la richesse : .... et .... Tous les éléments sont en place pour que l'on aille vers une fin heureuse ou au contraire catastrophique.

À toi de jouer

20 Imagine un début de récit dans lequel un personnage est invité à un bal. Rédige son portrait en indiquant que ce bal va changer sa vie.

Étape 2 • Analyser la composition et la chute d'une nouvelle

SUPPORT : *La Parure* (p. 12 à 23)

OBJECTIF : Comprendre le mécanisme d'une nouvelle à chute.

As-tu bien lu ?

1 À quel milieu social appartient l'héroïne ?

2 L'Héroïne rêve :
☐ d'être aventurière ☐ de vivre à la campagne ☐ d'une vie brillante

3 Que lui rapporte son mari un soir ?
☐ un jambon ☐ un fusil de chasse ☐ une invitation

4 Pour quelles raisons successives refuse-t-elle d'abord d'y aller ?
Que perd-elle en revenant de cette soirée ?

La composition d'une nouvelle à chute

5 Le récit comporte sept étapes. Identifie-les en complétant le tableau.

Lignes	Titre
1-44	Mise en place du cadre et présentation de l'héroïne
	L'invitation à la fête
92-131	
132-200	
	La quête d'un nouveau bijou
201-269	
270 à la fin	

6 Relève les ellipses. En quoi donnent-elles du rythme à la nouvelle ?

7 Quel événement transforme le triomphe de l'héroïne en catastrophe ?

8 La nouvelle aurait-elle pu se terminer à ce moment ? Justifie ta réponse.

9 Quel est l'effet de la dernière phrase prononcée par Mme Forestier ?

10 Une « chute » est une fin saisissante où la situation se renverse.
Explique en quoi la fin de cette nouvelle est un modèle de « chute ».

11 La fin de la nouvelle est-elle fermée ou ouverte ? Justifie ta réponse.

Les personnages et la visée de la nouvelle

12 À quel milieu social appartient Mathilde Loisel ? Justifie ta réponse.

13 Montre, en t'appuyant sur des extraits précis, que le narrateur estime qu'elle n'est pas à la place qu'elle mérite.

14 Mathilde et son mari ont-ils les mêmes ambitions et les mêmes rêves ?

15 Caractérise l'évolution de Mathilde en comparant le portrait du début (l. 1 à 5) et celui de la fin (l. 260 à 263) ?

16 En t'appuyant sur les jugements du narrateur, Mathilde est-elle responsable de ce qui lui est arrivé ou victime de sa pauvreté ?

La langue et le style

17 Lignes 18 à 37 : quel verbe est répété quatre fois en début de phrase ? Comment appelle-t-on cette figure de rhétorique ? Que suggère-t-elle ?

18 Relève des paroles du mari. Que révèlent-elles sur sa personnalité ?

Faire le bilan

19 Complète le texte avec les mots suivants : renversement inattendu, beauté, nouvelle, situation, l'issue, condition médiocre, invitation, faux, riche parure, bijou, chute, renversement.
Dans une . . . . à chute, le narrateur crée une . . . . dont . . . . semble évidente mais qui va se terminer par un . . . . Ainsi, dans *La Parure*, une . . . . semble d'abord réparer l'injustice de la . . . . de Mathilde. Mais pour s'y rendre, elle doit emprunter une . . . . à une amie. La fête est un succès et Mathilde triomphe par sa . . . . Mais, en rentrant, elle perd le . . . . Ce premier . . . . effraie le lecteur et ruine le couple. Dix ans plus tard, alors qu'elle a remboursé le bijou, son amie lui apprend que le bijou était . . . . Cette . . . . plonge le lecteur dans la stupeur.

À toi de jouer

20 Imagine la suite de cette nouvelle.

Étape 3 • Étudier le réalisme d'une nouvelle

SUPPORT : *Le Parapluie* (p. 24 à 34)

OBJECTIF : Identifier les dominantes du genre et du style réalistes.

As-tu bien lu ?

1 Mme Oreille est :
- ☐ économe
- ☐ gourmande
- ☐ prodigue

2 M. Oreille est-il obligé d'être employé ?

3 Les collègues de M. Oreille se moquent de lui car :
- ☐ il change rarement de parapluie
- ☐ il porte un costume démodé
- ☐ il a l'air bête

4 Quel conseil donne un ami à Mme Oreille pour faire réparer son parapluie brûlé ?

5 Comment Mme Oreille explique-t-elle l'incendie de son parapluie à l'assureur ?
- ☐ des collègues de son mari lui ont fait une farce
- ☐ son mari l'a brûlé avec un cigare
- ☐ une allumette enflammée est tombée sur le parapluie

Un cadre et une narration réalistes

6 Le narrateur de cette nouvelle est-il un personnage de l'histoire ?

7 À quel moment nous fait-il pénétrer dans les pensées de Mme Oreille ? Relève ce passage et montre que le narrateur adopte ici un point de vue narratif omniscient. Justifie ta réponse par un relevé précis du texte.

8 À quelle époque se déroule cette nouvelle ? Relève plusieurs indices qui t'aident à répondre.

9 Où est située l'action ? Relève un indice qui te permet de l'affirmer.

Des personnages réalistes

10 Complète le tableau suivant.

Caractéristiques	M. Oreille	Mme Oreille
Métier ou activité		
Description physique		
Traits de caractère		

11 Comment et dans quels domaines se manifeste l'autorité de Mme Oreille ? Dans quelles circonstances son mari lui résiste-t-il ?

12 En quoi le récit éclaire-t-il le personnage de Mme Oreille ?

13 Que nous apprend ce récit sur les relations des conjoints au sein du mariage ?

La langue et le style

14 Dans la phrase : « Mais elle trépignait de fureur, (…) où pleuvent les balles. » (l. 72 à 74), quelle est la figure de rhétorique employée ? Que donne-t-elle comme indication sur l'atmosphère du ménage ?

15 « faire danser l'anse du panier » (l. 3-4), « riflard » (l. 36) : à quel registre appartiennent ces expressions ? Recherche trois autres expressions du même registre. En quoi son utilisation est-elle caractéristique du réalisme ?

Faire le bilan

16 En t'appuyant sur la narration, l'époque et le lieu du récit, le choix des personnages et le langage employé, explique en quoi cette courte nouvelle est caractéristique du genre réaliste.

À toi de jouer

17 « Pendant deux ans, il vint au bureau avec le même parapluie rapiécé ce qui donnait à rire à ses collègues ». Imagine un portrait comique et moqueur de M. Oreille par l'un de ses collègues.

La Parure et autres nouvelles à chute

Étape 4 • Mettre en évidence la satire sociale

SUPPORT : *Décoré !* (p. 35 à 42)

OBJECTIF : Comprendre la satire cachée et identifier le thème de l'adultère.

As-tu bien lu ?

1. M. Sacrement est :
   ☐ rentier   ☐ fonctionnaire   ☐ militaire

2. M. Sacrement a-t-il fait des études ?

3. Dans les rues, M. Sacrement compte :
   ☐ les chapeaux   ☐ les fiacres   ☐ les hommes décorés

4. Quel est le rôle du député Rosselin ?

5. Comment M. Sacrement obtient-il sa décoration ?

Le thème de l'adultère

6. Que fait le député Rosselin pour aider M. Sacrement à obtenir une décoration ? Quelle est son intention réelle en faisant cela ? À quel moment peut-on le comprendre ?

7. Remets dans l'ordre les actions de Jeanne, la femme de M. Sacrement, à son retour.
   ☐ Elle traverse plusieurs fois sa chambre en courant.
   ☐ Elle demanda : « C'est bien toi, Alexandre ? »
   ☐ Elle lui arrache le Paletot décoré des mains.
   ☐ Elle lui ouvre et dit : « Oh ! quelle terreur ! quelle surprise, quelle joie ! »
   ☐ Elle saute du lit et parle seule.
   ☐ Elle court à son cabinet de toilette, l'ouvre et le referme.

8. Lors du retour inopiné de M. Sacrement (l. 145 à 184), comment Jeanne explique-t-elle son comportement ? Comment le lecteur le comprend-il ?

9. Comment Jeanne explique-t-elle la présence du paletot décoré ? Que comprend le lecteur ?

10. Peut-on penser que M. Sacrement n'est pas tout à fait dupe de sa femme ? Justifie ton point de vue par deux arguments.

La satire des décorations

11 En quelle mesure le premier paragraphe permet-il de penser que M. Sacrement est l'illustration d'une règle générale ?

12 Dans les lignes 55 à 63, analyse la description des décorations. Quel champ lexical peux-tu identifier ? Que peut-on en déduire du jugement du narrateur sur les décorations ?

13 « Il était décoré (...) cette distinction » (l. 125-126) : qui prononce cette phrase à propos du député Rosselin ? De quel jugement sur les décorations et la manière dont elles sont attribuées est-elle porteuse ?

14 Dans le portrait de M. Sacrement (l. 3 à 83), relève les expressions qui soulignent que rien ne justifie qu'on lui attribue une décoration.

15 Que fait M. Sacrement pour être décoré ? À ton avis, mérite-t-il une décoration après cela ?

16 Pour quelle raison obtient-il une décoration ? Explique, avec deux arguments, que M. Sacrement ne mérite pas sa décoration.

La langue et le style : l'ironie

17 « Il affirma au solliciteur que son affaire était en bonne voie et il lui conseilla de continuer ses remarquables travaux » (l. 119-121) : qu'y a-t-il d'ironique dans cette formule ?

18 En quoi la clausule (fin de la nouvelle), et notamment la formule « services exceptionnels », est-elle ironique ?

Faire le bilan

19 Explique en quoi cette nouvelle est une satire grinçante des décorations et de ceux qui se piquent d'en obtenir. Dans ton argumentation tu expliqueras en quoi elle est critique, puis en quoi elle est comique.

À toi de jouer

20 Le député Rosselin raconte l'histoire que tu viens de lire, mais de son point de vue et en insistant sur la naïveté du mari. Écris son récit.

21 Fais une recherche sur la Légion d'honneur. Comment se présente-t-elle ? Quand, par qui et dans quel but a-t-elle été créée ?

Étape 5 • Faire apparaître la variété des registres utilisés dans une même nouvelle

SUPPORT : *La Question du latin* (p. 43 à 54)

OBJECTIF : Mettre en évidence les registres comique, satirique, mélodramatique.

As-tu bien lu ?

1. Le père Piquedent est :
   ☐ surveillant ☐ professeur de latin ☐ épicier
2. Comment le narrateur fait-il la connaissance du père Piquedent ?
3. Que font le père Piquedent et le narrateur lors de leur rencontre ?
   ☐ ils échangent des confidences ☐ du latin ☐ du sport
4. Pourquoi le narrateur organise-t-il une rencontre entre son professeur et la jeune blanchisseuse ?
5. En quoi la chute est-elle heureuse ?

Une nouvelle entre comédie d'intrigue et mélodrame

6. Complète ce tableau et montre que le déroulement de la nouvelle s'inspire de celui d'une comédie d'intrigue amoureuse classique.

Épisode	Lignes
Exposition (présentation des personnages)	
Deux amoureux maladroits et gauches	
Un tour joué par un personnage aux autres	
Un personnage rusé qui aide à la réalisation de l'amour	
Des obstacles à franchir	
Une rencontre en présence d'un tiers	
Une péripétie	
Une fin heureuse	

7. Montre que Piquedent est un personnage comique (qui fait rire) et pathétique (qui fait pitié), en analysant la description qu'en donne le narrateur au début de la nouvelle (l. 1 à 91).

8 Montre que le couple Piquedent/Angèle est un couple de mélodrame (genre théâtral qui insiste sur le pathétique et les bons sentiments).

9 Donne des exemples des différentes formes de comique théâtral.

10 Explique que les contrastes entre personnages ont des effets comiques.

Une description satirique de l'enseignement

11 Relève les formules qui font apparaître le directeur de la pension comme un commerçant plus que comme un éducateur (l. 1 à 38).

12 Comment apparaît le latin dans la réplique l. 83 à 87 ? Quelle image de la valeur des titres universitaires et des enseignants donne-t-elle ?

13 Montre que dans la relation entre le narrateur et le père Piquedent, les rôles de maître et d'élève s'inversent et le sujet étudié change. Que peut-on en conclure sur la valeur des maîtres ?

14 Confronte le titre, la nouvelle et sa clausule, puis explique quel jugement le narrateur porte sur l'enseignement du latin.

La langue et le style

15 « les travailleuses du trottoir » et « les fainéants de la pension » (l. 125-126) : quelle est la figure de rhétorique employée dans ces expressions ? Montre qu'elles s'opposent l'une à l'autre et indique le jugement que cette phrase suggère sur l'enseignement.

16 « elle était vraiment gentille, bien que pâlotte, et gracieuse, bien que d'allure un peu faubourienne. » (l. 215-217) : donne la nature et la fonction des groupes soulignés. Qu'ajoutent-ils à la description ?

Faire le bilan

17 Montre que, dans cette nouvelle, Maupassant emploie différents procédés humoristiques, dont certains empruntés au théâtre, pour amuser son lecteur, mais aussi pour faire la satire de l'enseignement.

À toi de jouer

18 Rédige la lettre d'amour de Piquedent (l. 179 à 183).

Étape 6 • Étudier un récit enchâssé

SUPPORT : *Mademoiselle Cocotte* (p. 55 à 61)

OBJECTIF : Comprendre le fonctionnement et les effets d'un récit enchâssé.

As-tu bien lu ?

1. Où commence la nouvelle ?
   - ☐ dans un hôpital
   - ☐ dans une gare
   - ☐ dans un salon

2. Quel est le métier de François ?

3. Mademoiselle Cocotte est :
   - ☐ une femme
   - ☐ une jument
   - ☐ une chienne

4. Pourquoi François ne peut-il garder Mademoiselle Cocotte ?

5. Que fait Mademoiselle Cocotte lorsqu'on la perd ?

Un récit enchâssé

6. Lignes 1 à 10 : à quelle personne le récit est-il raconté ? Et ensuite ?

7. Quel personnage est présent dans les deux récits ?

8. Qui raconte l'histoire de François et Mademoiselle Cocotte ?

9. Mets en place le schéma du récit enchâssé en complétant ce tableau.

	Récit cadre	Récit encadré
Narrateur		
Personnages		
Moment de l'histoire		
Lieu de l'histoire		

10. Explique en quoi ce système narratif permet de donner une plus grande impression de vérité et de réalité des faits rapportés au lecteur.

Une chute terrible

11 À quel moment l'histoire pourrait-elle se terminer ? Justifie ta réponse.

12 Relève l'ellipse entre cette première fin et la chute de la nouvelle.

13 « La chienne morte avait retrouvé son maître à soixante lieues de leur maison ! » (l. 186-187) : qui prononce cette phrase ? En quoi permet-elle de faire le lien entre la nouvelle et la chute ?

14 La chienne est-elle déjà revenue après avoir été éloignée ? Montre que la chute est en fait une réécriture de certains épisodes de la nouvelle.

15 Quel sens nouveau cette chute donne-t-elle à la nouvelle ?

La langue et le style : un chien humanisé

16 Dans le passage lignes 148 à 152, quels procédés contribuent à assimiler la chienne à une personne humaine ?

17 Pourquoi la chienne s'appelle-t-elle Mademoiselle Cocotte ? Relève deux extraits de la nouvelle qui prouvent que ce surnom est lié à son caractère propre.

Faire le bilan

18 En t'appuyant sur tes réponses aux questions précédentes, montre ce qu'est un récit enchâssé et en quoi il produit un puissant effet de réalité.

À toi de jouer

19 Le narrateur du récit cadre reprend la parole à la fin de l'histoire pour en proposer une interprétation et une morale au lecteur. Rédige cette conclusion de la nouvelle.

20 À ton tour, raconte une histoire faisant intervenir un animal en créant un système de récit enchâssé. Par exemple, tu te mets en scène te promenant avec un ami, vous rencontrez un personnage et ton ami raconte son histoire.

Étape 7 • Exploiter les informations de l'enquête

SUPPORT : L'ensemble des nouvelles et l'enquête

OBJECTIF : Étudier le réalisme, de la littérature à la peinture.

As-tu bien lu ?

1 Quelle nouvelle met en scène la jeune épouse d'un employé insatisfaite de sa vie médiocre ?

2 Quel objet symbolise les petits moyens des employés et leur aspiration à la dignité bourgeoise dans l'une des nouvelles ?

3 Qui a peint l'un des premiers tableaux représentant des ouvriers urbains ?

4 Pour peindre la ville moderne, Claude Monet s'inspire :
☐ de rues
☐ de gares
☐ de rives de la Seine

5 Quelle distraction typique des employés apparaît à la fois dans la peinture de Monet et la nouvelle *La Question du latin* ?
☐ l'équitation
☐ la chasse
☐ le canotage

Comparer peinture réaliste et littérature réaliste

6 En quelle mesure *Un bar aux Folies Bergères* de Manet (p. 94) pourrait-il être une illustration pour *La Parure* ?

7 Dans *Le Parapluie*, relis le passage dans lequel Madame Oreille se rend à la compagnie d'assurances et relève le vocabulaire servant à décrire la ville et les immeubles.

8 Emploie maintenant ce vocabulaire pour écrire une description de *Une rue de Paris par temps de pluie* de Caillebotte (p. 92).

9 À ton avis, cette toile pourrait-elle servir d'illustration à une ou plusieurs nouvelles du recueil ? Dis pourquoi.

10 Compare les personnages choisis par les peintres et les caricaturistes reproduits dans l'enquête et ceux du recueil de nouvelles et dis ce qu'ils ont en commun (milieux sociaux, activités, habillement...).

Caricature et littérature

11 Regarde la caricature du sous sous-chef de bureau (p. 90).
   a. Quel animal est-il choisi ?
   b. Quelle indication cela donne-t-il sur le caractère du personnage ?

12 Pourquoi peut-on dire que cette caricature est une satire de la hiérarchie qui règne dans les bureaux ?

13 Avec quel personnage du « Parapluie » pourrais-tu comparer cette image ? Justifie ta réponse par au moins deux arguments.

14 Regarde la caricature p. 91.
   a. Comment sont montrés les employés à travers cette caricature ?
   b. Cherche un passage dans « Le Parapluie » qui montre que le travail n'est pas au centre des préoccupations des employés de bureau ?

Faire le bilan

15 Rédige un paragraphe dans lequel tu exposeras que peinture et littérature réalistes apportent un nouveau sujet et de nouveaux personnages : les ouvriers et les employés.

À toi de jouer

16 Choisis une des images de l'enquête et fais-en la critique en évaluant sa capacité à donner une image fidèle de la réalité de l'époque.

17 Imagine que tu es peintre. Explique quel sujet (objet, scène ou personnage) tu choisirais de peindre aujourd'hui pour faire comprendre notre époque. Tu justifieras ton choix par au moins deux arguments.

Le bal, providence ou catastrophe ?
groupement de documents

OBJECTIF : Comparer plusieurs documents sur le thème du bal.

DOCUMENT 1 CHARLES PERRAULT, *Cendrillon*, 1697.

La fée dit alors à Cendrillon :
« Hé bien, voilà de quoi aller au bal, n'es-tu pas bien aise ?
– Oui, mais est-ce que j'irai comme cela avec mes vilains habits ? »
Sa marraine ne fit que la toucher avec sa baguette, et en même temps ses habits furent changés en des habits de drap d'or et d'argent tout chamarrés de pierreries ; elle lui donna ensuite une paire de pantoufles de verre, les plus jolies du monde. Quand elle fut ainsi parée, elle monta en carrosse ; mais sa marraine lui recommanda sur toutes choses de ne pas passer minuit, l'avertissant que si elle demeurait au bal un moment davantage, son carrosse redeviendrait citrouille, ses chevaux des souris, ses laquais des lézards, et que ses vieux habits reprendraient leur première forme. Elle promit à sa marraine qu'elle ne manquerait pas de sortir du bal avant minuit.
Elle part, ne se sentant pas de joie. Le fils du roi qu'on alla avertir qu'il venait d'arriver une grande princesse qu'on ne connaissait point, courut la recevoir ; il lui donna la main à la descente du carrosse ; et la mena dans la salle où était la compagnie. Il se fit alors un grand silence ; on cessa de danser, et les violons ne jouèrent plus, tant on était attentif à contempler les grandes beautés de cette inconnue. On n'entendait qu'un bruit confus : « Ah, qu'elle est belle ! » Le roi même, tout vieux qu'il était, ne laissait pas de la regarder, et de dire tout bas à la reine qu'il y avait longtemps qu'il n'avait vu si belle et si aimable personne. Toutes les dames étaient attentives à considérer sa coiffure et ses habits, pour en avoir dès le lendemain de semblables, pourvu qu'il se trouvât des étoffes assez belles, et des ouvriers assez habiles.
Le fils du roi la mit à la place la plus honorable, et ensuite la prit pour la mener danser : elle dansa avec tant de grâce, qu'on l'admira encore davantage. On apporta une fort belle collation dont le jeune prince ne mangea point, tant il était occupé à la considérer. Elle alla s'asseoir auprès de ses sœurs, et leur fit mille honnêtetés : elle leur fit part des oranges et des citrons que le prince lui avait donnés, ce qui les étonna fort, car elles ne la connaissaient point.

Lorsqu'elles causaient ainsi, Cendrillon entendit sonner onze heures trois quarts : elle fit aussitôt une grande révérence à la compagnie, et s'en alla le plus vite qu'elle put. Dès qu'elle fut arrivée, elle alla trouver sa marraine et, après l'avoir remerciée, elle lui dit qu'elle souhaiterait bien aller encore le lendemain au bal, parce que le fils du roi l'en avait priée.

DOCUMENT 2 IRÈNE NEMIROVSKY, *Le Bal*, 1930.

Rosine et Alfred, parents de la narratrice âgée de 14 ans, organisent un bal dans le but d'impressionner leurs relations par le faste de la réception. La narratrice n'y est pas invitée et, pour se venger, la jeune fille jette les invitations au lieu de les poster. Le jour dit, seule une cousine moins riche qu'eux se présente et à onze heures il n'y a toujours personne…

– … Neuf, dix, onze, cria Mme Kampf avec désespoir en levant au ciel ses bras pleins de diamants ; mais qu'est-ce qu'il y a ? Mais qu'est-ce qui est arrivé, mon doux Jésus ?
Alfred rentrait avec Isabelle ; ils se regardèrent tous les trois sans parler.
Mme Kampf rit nerveusement :
– C'est un peu étrange, n'est-il pas vrai ? Pourvu qu'il ne soit rien arrivé…
– Oh ! ma chère petite, à moins d'un tremblement de terre, dit Mlle Isabelle d'un ton de triomphe.
Mais Mme Kampf ne se rendait pas encore. Elle dit, en jouant avec ses perles, mais la voix enrouée d'angoisse :
– Oh ! ça ne veut rien dire ; figurez-vous l'autre jour, j'étais chez mon amie, la comtesse de Brunelleschi : les premiers invités ont commencé à venir à minuit moins le quart. Ainsi…
– C'est bien ennuyeux pour la maîtresse de maison, bien énervant, murmura Mlle Isabelle avec douceur.
– Oh ! c'est… c'est une habitude à prendre, n'est-ce pas ?
À cet instant, un coup de sonnette retentit. Alfred et Rosine se ruèrent vers la porte.
– Jouez, cria Rosine aux musiciens.
Ils attaquèrent un blues avec vigueur. Personne ne venait. Rosine n'y put tenir davantage. Elle appela :
– Georges, Georges, on a sonné, vous n'avez pas entendu ?
– Ce sont les glaces qu'on apporte de chez Rey[1].

1. **Rey** : glacier parisien célèbre.

Mme Kampf éclata :
– Mais je vous dis qu'il est arrivé quelque chose, un accident, un malentendu, une erreur de date, d'heure, je ne sais pas, moi ! Onze heures dix, il est onze heures dix, répéta-t-elle avec désespoir.
– Onze heures dix déjà ? s'exclama Mlle Isabelle ; mais parfaitement, mais vous avez raison, le temps passe vite chez vous, mes compliments... Il est même le quart, je crois, vous l'entendez qui sonne ?
– Eh bien, on ne va pas tarder à venir maintenant ! dit Kampf d'une voix forte. De nouveau, ils s'assirent tous les trois ; mais ils ne parlaient plus. On entendait les domestiques qui riaient aux éclats dans l'office.
– Va les faire taire, Alfred, dit enfin Rosine d'une voix tremblante de fureur : va !
À onze heures et demie, la pianiste parut.
– Est-ce qu'il faut attendre plus longtemps, madame ?
– Non, allez-vous-en, allez-vous-en tous ! cria brusquement Rosine, qui semblait prête à se rouler dans une crise de nerfs : on va vous payer, et allez-vous-en ! Il n'y aura pas de bal, il n'y aura rien : c'est un affront, une insulte, un coup monté par des ennemis pour nous ridiculiser, pour me faire mourir !

DOCUMENT 3 Illustration pour *Cendrillon* par GUSTAVE DORÉ, 1867.

As-tu bien lu ?

1. Document 1 : que demande Cendrillon à sa marraine pour aller au bal ? Qui l'accueille à l'entrée du bal ?
2. Document 2 : pourquoi Rosine est-elle inquiète ? Qui rit aux éclats ? Que fait Rosine à la fin du texte ?

Le bal, un événement social

3. Relève les trois particularités de Cendrillon qui provoquent l'admiration.
4. Quelle place Cendrillon occupe-t-elle dans le bal ? Relève trois citations.
5. Comment réagissent ses sœurs en la voyant ? Explique en quoi cela permet de dire que sa situation au bal est à l'inverse de la réalité.
6. Explique pourquoi Rosine ressent l'absence de ses invités comme « un affront, une insulte ».
7. Quel personnage voit sa situation sociale améliorée par le bal, lequel au contraire voit sa situation empirer ?

Deux histoires très proches

8. Compare *Cendrillon* et *La Parure*. Quelles sont les situations de Mathilde et de Cendrillon au départ ? Quel événement va changer leur vie ? Quels obstacles rencontrent-elles ?
9. Analyse la fin des trois histoires. Dans quel cas le bal est une aubaine, dans quel cas est-il une catastrophe ?
10. Compare maintenant la fin de *La Parure* avec la fin des deux autres récits. Laquelle se rapproche de celle de *La Parure*. Justifie ta réponse.

Lire l'image

11. Relève trois procédés employés par Gustave Doré pour attirer l'attention sur Cendrillon. Tu t'intéresseras à la composition de l'image, à l'utilisation de la lumière, aux regards et positions des personnages.
12. Qu'est-ce qui permet d'identifier Cendrillon, le roi, la reine, le prince ?
13. Cette image pourrait-elle convenir pour illustrer *La Parure* ? Donne deux arguments positifs et deux arguments négatifs.

La deuxième moitié du XIXe siècle est marquée par l'urbanisation, l'industrialisation et le développement de l'administration d'État et privée. Une nouvelle catégorie sociale apparaît : les employés. Sans être riches, ils n'ont cependant plus le mode de vie des ouvriers. Les écrivains s'emparent d'eux, les peintres aussi, qu'ils soient réalistes, comme Manet, ou impressionnistes, comme Monet ou Caillebotte, et nous montrent un nouveau monde à travers eux.

L'ENQUÊTE

Employés et ouvriers à Paris sous la IIIe République

1. Qui sont les ouvriers et les employés ? 88
2. Employés au travail : la caricature. 90
3. Une nouvelle ville pour les employés. 92
4. De nouvelles distractions. 94

L'ENQUÊTE EN 4 ÉTAPES

1. Qui sont les ouvriers et les employés ?

Au cours du XIXᵉ siècle, la France paysanne devient plus urbaine sous l'effet de l'exode rural et de l'industrialisation. Le nombre d'ouvriers et d'employés augmente considérablement. Ils deviennent aussi le sujet de nombreuses peintures, nouvelles et romans. Mais qui sont-ils ?

● **LES OUVRIERS**

Les ouvriers sont ceux qui travaillent de leurs mains pour produire des biens. Tout au long du XIXᵉ siècle, leur nombre augmente et leur situation est profondément modifiée par l'industrialisation. Alors qu'ils étaient isolés et relativement indépendants, l'apparition de grandes usines (mines, forges) crée des regroupements importants d'ouvriers, influant sur les modes de vie et les conditions de travail de plus en plus dures. Cela favorise aussi l'action collective. Ils deviennent un « sujet » pour les écrivains et les peintres, qu'il s'agisse d'ouvrières des villes, comme les blanchisseuses de *La Question du latin* ou d'ouvriers d'industrie comme les mineurs de *Germinal* de Zola. La critique bourgeoise réagit en les traitant d'artistes « vulgaires ».

Socialisme utopique et mouvement ouvrier

Tout au long du siècle les penseurs du socialisme utopique (Fourier, Saint-Simon, Cabet, Proudhon) se demandent comment libérer les ouvriers du joug qui pèse sur eux. À leur Suite, Marx et Engels rédigent le **Manifeste du parti communiste** *en 1848 qui servira de base à la création du parti communiste puis à la création de la première Internationale en 1864.*

Gustave Caillebotte, Raboteurs de parquet

Le tableau est une des premières représentations du prolétariat urbain. Le peintre insiste sur l'étude documentaire (gestes, outils, accessoires) dans une visée réaliste. Il peint ici de manière académique, mais pour montrer l'univers contemporain comme personne avant lui. Le jury du Salon de 1875 refuse le tableau, parlant de « sujet vulgaire ». L'artiste rejoint alors les impressionnistes.

Gustave Caillebotte (1848-1894), *Raboteurs de parquet*, 1875, huile sur toile, 102 x 147 cm, Paris, Musée d'Orsay.

● LES EMPLOYÉS

Cette catégorie est aussi en plein essor au XIXe siècle. Le terme recouvre d'abord toute une foule de petits et moyens fonctionnaires, immortalisés par Balzac dans *Les Employés*, puis par Maupassant, qui a lui-même été employé dans un ministère. Puis il s'étend aux employés administratifs des grandes compagnies privées[1]. L'augmentation du nombre des employés s'explique par celle des fonctions de l'État qui intervient dans de nouveaux domaines (éducation, postes, colonies, etc.). Ainsi, entre 1869 et 1899, le budget du ministère de l'Instruction publique passe de 27 à 209 millions. Sur la même période le nombre de fonctionnaires double, passant de 217 000 à 416 000.

● UNE CATÉGORIE MAL À L'AISE

Les employés se distinguent de la classe ouvrière car ils se livrent à des tâches intellectuelles. De même, ils portent redingote et chapeau melon. Ils aspirent à s'élever dans la classe bourgeoise, dont ils ont les attributs visibles, mais ils restent cantonnés dans des tâches subalternes et reçoivent des traitements très faibles.

À l'image des personnages de *La Parure*, ils ne sont pas pauvres, mais ils mènent une existence médiocre tout en côtoyant la bourgeoisie.

Toujours entre deux mondes, ils sont rongés par la frustration et la peur de tomber dans la misère.

---

1. Les sociétés de chemin de fer.

2. Employés au travail : la caricature

Le plus clair du travail des employés au XIXe siècle consiste en l'écriture et en la copie d'actes administratifs.
À cette époque, les moyens de reproduction mécanique des documents n'existent pas encore...

Un travail de scribe

L'employé est assis à son bureau et traite des « papiers » ou des documents.

● UNE ORGANISATION AUTORITAIRE ET HIÉRARCHISÉE

L'administration est extrêmement hiérarchisée : chacun a un grade et un rôle précis, et chacun travaille sous les ordres d'un supérieur hiérarchique direct qui a une autorité entière sur ses subordonnés. Le document ci-contre le montre de manière plaisante en caricaturant le chef en chien patibulaire et terrifiant. On note que le personnage est désigné comme « sous sous-chef », façon plaisante de moquer la multitude d'échelons hiérarchiques.

Un employé de bureau représenté en bouledogue, caricature de Lucien Métivet parue dans L'Assiette au Beurre du 30 novembre 1901.

L'ENQUÊTE

● UN SOUPÇON DE PARESSE

Contrairement aux ouvriers, qui fournissent un effort physique visible, et contrairement aux industries qui produisent des richesses palpables, l'administration ne produit rien d'immédiatement perceptible. Elle se charge silencieusement d'organiser le fonctionnement général de la société : faire arriver les choses aux bons endroits, veiller à ce que les instituteurs soient payés, à ce que la poste fonctionne, etc. Cela développe le mythe du fonctionnaire paresseux, toujours prêt à cesser le travail dès que le chef tourne le dos.

Ce thème est bien illustré par le document ci-dessous, qui montre un employé en train de dormir profondément sur son bureau.

Balzac, Les Employés

« Aujourd'hui, Messieurs, servir l'État, ce n'est plus servir le prince qui savait punir et récompenser ! Aujourd'hui, l'État, c'est tout le monde. Or, tout le monde ne s'inquiète de personne. Personne ne s'intéresse à personne. Un employé vit entre ces deux négations ! »

« L'administration que l'Europe nous envie. À toi, l'Europe ! » : *fonctionnaire faisant la sieste*, caricature de Jacques Villon parue dans L'Assiette au Beurre du 15 février 1902.

L'Administration que l'Europe nous envie.
— A toi, l'Europe !

3 Une nouvelle ville pour les employés

Les peintres, réalistes et impressionnistes, vont s'attacher à représenter la ville moderne, la ville haussmannienne, milieu « naturel » des employés, sans gommer sa dimension industrielle et laborieuse.

● UNE RUE DE PARIS PAR TEMPS DE PLUIE

Gustave Caillebotte (1848-1894), Une rue de Paris par temps de pluie, *1877, esquisse, Paris, Musée Marmottan.*

L'ENQUÊTE

Cette toile de Gustave Caillebotte représente la place de l'Europe à l'angle des rues de Miromesnil et de Lisbonne, où se trouvait la maison familiale du peintre.

Le tableau présente une vue nette et réaliste du Paris bourgeois, du Paris haussmannien, souligné par une perspective régulière à deux points de fuite qui accentue la profondeur : la ligne d'horizon se situe à la hauteur des yeux du spectateur et traverse ainsi la tête de tous les personnages.

● **LA GARE SAINT-LAZARE**

Lorsqu'il peint ce tableau, Monet vient de quitter Argenteuil pour s'installer à Paris et cherche à diversifier son inspiration pour représenter la vie moderne. En 1877, il demande l'autorisation de travailler dans la gare Saint-Lazare, motif radicalement moderne et « impressionniste » par sa luminosité et ses nuages de vapeurs. Contrairement à Caillebotte, il rend la gare par des effets colorés plutôt que par l'attachement à la description détaillée des machines ou des voyageurs, aboutissant par endroits à une vision quasi abstraite.

Claude Monet (1840-1926), La gare Saint-Lazare, 1877, huile sur toile, 75 x 105 cm, Paris, Musée d'Orsay.

4 De nouvelles distractions

Là où la noblesse pratiquait la chasse et l'équitation, les employés eux, se rendent aux spectacles et se livrent aux joies du canotage ou de la promenade à la campagne le dimanche, en banlieue parisienne. Les peintres représentent ces moments de détente.

● THÉÂTRE ET CAFÉ-CONCERT

Édouard Manet (1832-1883), Un bar aux Folies Bergères, 1882, huile sur toile, 96 x 130 cm, Londres, Courtaud Institute Gallery.

L'ENQUÊTE

Édouard Manet peint ce tableau *Un bar aux Folies Bergères* au début des années 1880. Le modèle, « Suzon », est une employée de ce célèbre café-concert, même si la scène a été recréée en atelier. Le reflet dans le miroir intrigue les critiques car il est faux (le personnage qui fait face à la serveuse devrait ainsi tout cacher). Il permet en tout cas de montrer ce que voit la serveuse et de placer le spectateur dans la position d'un employé du XIXe siècle venu se distraire au café-concert et se reconnaître dans le regard énigmatique de l'employée du bar.

● **CANOTAGE SUR LES BORDS DE SEINE**

Le dimanche, les employés vont canoter en dehors de Paris sur les bords de Seine ou de ses affluents. On se retrouve et on se courtise dans des « guinguettes »[1], qui deviennent le décor de nombreux nouvelles et tableaux comme cette peinture de Monet. Ce décor, avec les reflets mouvants de la lumière dans l'eau, la vivacité des mouvements, les contrastes des costumes de sports, les robes colorées des femmes, est aussi en parfaite adéquation avec les principes de peinture des impressionnistes, qui veulent saisir la lumière et peindre d'après nature.

Claude Monet (1840-1926), Canotiers à Argenteuil, *1874, huile sur toile, 60 x 81 cm, collection particulière.*

1. Petits bistros où l'on mange de la friture.

À lire et à voir

● AUTRES RECUEILS DE NOUVELLES DE MAUPASSANT

Un million et autres histoires de naissance, coll. « C&Cie Collège », sortie 2009
La Morte et autres nouvelles fantastiques, coll. « C&Cie Collège », sortie 2010
Contes et nouvelles, coll. « Œuvres et thèmes », sortie 2011
Mademoiselle Perle et autres nouvelles, coll. « Œuvres et thèmes », sortie 2007

● FILMS ET SITE POUR MIEUX CONNAITRE MAUPASSANT

Chez Maupassant

Série de courts-métrages (adaptation de différents contes et nouvelles de Maupassant) réalisés par divers réalisateurs (Claude Chabrol, Gérard Jourd'hui...) et diffusés sur France 2. Disponibles en DVD (2 volumes).

« Maupassant par les textes » http://www.maupassant.free.fr/
Site sur lequel on peut trouver tous les contes et nouvelles de Maupassant, une biographie, des photographies et diverses informations sur l'auteur.

Table des illustrations

2, 8, 62 à 85	ph © Archives Hatier
23	ph © Gusman / Leemage
42	ph © Lee / Leemage
65, 90	Coll. Kharbine-Tapabor
89	ph © Photo Josse / Leemage
91	Coll. Kharbine-Tapabor / © Adagp, Paris 2011
92, 93, 94	ph © Photo Josse / Leemage
95	ph © Bridgeman Giraudon

Principe de maquette : Marie-Astrid Bailly-Maître & Sterenn Heudiard
Mise en page : CGI
Suivi éditorial : Brigitte Brisse
Illustrations : Éva Chatelain
Iconographie : Hatier Illustration

Achevé d'imprimer par L.E.G.O. S.p.A. - Lavis (TN) - Italie
Dépôt légal: 94879-4/04 - Novembre 2013